GILETS JAUNES

ÉCHEC ET MAT ?

AUTO EDITION

perpassione@hotmail.fr

ROCCO MINACORI

GILETS JAUNES

ÉCHEC ET MAT ?

Dédicace

C'est avec un immense plaisir
que je dédie ce roman à tous les combattants,
héros inconnus
qui luttent tous les jours pour vaincre les
injustices.
Hommes et femmes courageux qui s'opposent à
l'oppression et font vivre la tradition ancestrale
d'un peuple qui se révolte.
Ils sont parmi nous les garants d'une
civilisation des droits et des égalités pour
tout être humain.

Préambule

Ne cherchez pas dans ces quelques lignes la vérité sur les Gilets Jaunes, (personne ne la connaît). Un mouvement aussi disparate que multiple, avec des revendications diverses et des acteurs venus de tous horizons. Il n'est qu'une masse hétérogène des personnages et volontés qui s'agrégent les unes aux autres formant un mouvement de révolte avec un seul dénominateur commun " la justice ".

Tous les personnages dans ces quelques lignes sont issus d'une fantaisie de narration, même s'ils rejoignent parfois la réalité. Dans cet ouvrage l'auteur a seulement voulu dénoncer sans aucune méchanceté des comportements et certaines décisions pour le moins inadaptées dans le pays des Droits de l'Homme.

Ce mouvement qui a fait des adeptes même hors des frontières, n'est pas prêt à s'arrêter, aujourd'hui on les appelle les " *Gilets Jaunes* " on les surnommait jadis les " *Sans-culottes* ".

CHAPITRE 1

Milena se reposait détendue sur son canapé dans le petit appartement de Montmartre. Un petit studio dont la cuisine donnait sur une petite cour vide et silencieuse. De l'autre côté par la fenêtre de la chambre on avait une vue sur la place du Tertre, la fameuse place où tous les jours déambulent les touristes faisant réaliser des portraits ou des représentations humoristiques par les nombreux artistes toujours à la recherche du moindre denier.

Elle avait choisi ce studio pour être près des artistes peintres ou musiciens qu'elle pourrait côtoyer à chaque sortie, bien qu'elle eût assez rarement l'occasion de le faire. Sa passion et ses études en histoire de l'art avaient fait naître en elle l'amour de tout ce qui est admirable, la peinture la sculpture le théâtre et tant d'autres formes d'expression culturelle. Originaire de province, elle avait dû s'installer à Paris pour pouvoir s'adonner à plein temps ou presque à son nouveau travail, un emploi prestigieux et exaltant.

Elle pensait servir la France étant élue députée de la République dans la majorité. Ce défi qu'elle relevait avec brio depuis les dernières élections lui donnait une force et une ténacité qu'elle ne se connaissait pas.

Le long voyage en train qui lui permettait de rejoindre la capitale après son séjour dans sa circonscription avait été encore une fois éprouvant, elle était fatiguée.

Allongée sur son canapé, les yeux fermés, laissant son esprit vagabonder au gré de son imagination, elle prenait un peu de repos mérité. Ce fut de courte durée, interrompant ses quelques instants de quiétude les questions politiques revenaient comme un boomerang.

Elle alluma la télé et revit les images qui passaient en boucle depuis la veille, le 17 novembre. Des manifestants scandant des slogans hostiles au gouvernement arpentaient les rues de Paris. Les commentateurs et les journalistes débattaient de l'événement et donnaient parfois la parole en duplex à quelques manifestants qu'ils appelaient les " Gilets Jaunes " à cause de leur signe distinctif, ces gilets jaunes qui servent habituellement aux automobilistes à se signaler en cas de panne ou d'accident sur la route.

" *Mais que veulent-ils ? Nous sommes au travail pour redresser le pays, il ne faut pas nous en empêcher et nous mettre des bâtons dans les roues* " pensait-elle.

« *Macron démission, Macron démission, Macron démission, Macron démission* », entendait-elle n'en croyant pas ses oreilles.

« *Mais ils sont fous ! C'est ridicule* », s'exclama-t-elle avec un fort sentiment de mépris pour les manifestants.

Ses pensées se portèrent vers les discussions à l'Assemblée nationale, vers son travail au sein de la Commission des affaires sociales, vers le projet de loi sur les mesures d'urgence économique et sociale, et l'action menée pour reformer la France.

À vrai dire pas seulement de bonnes choses pour le peuple, l'augmentation de la CSG (contribution sociale généralisée) sur les retraites abaissant le pouvoir d'achat d'un grand nombre d'anciens travailleurs, la baisse de l'APL (Aide Personnalisée au Logement) diminuant l'aide à tous les bénéficiaires étaient des plus punissables. Milena pensait aussi aux maladresses du président.

« *Les gens qui ne sont rien* », avait-il dit :

« *Ce sont les Gaulois réfractaires au changement* ».

À sa façon de prendre les gens de haut, comme en donnant des leçons.

« *Je traverse la rue et je vous trouve du travail* », avait-il dit en s'adressant à un jeune chômeur.

Milena pensait à ces petites choses, elle se serait bien passée de ces malheureuses phrases, difficiles à expliquer et justifier à tous ceux qui lui posaient la question à chacun de ses retours chez elle, dans sa circonscription.

" *Le peuple gronde pour pas grand-chose* " se disait-elle, raison de plus pour être circonspecte.

Son téléphone se mit à sonner et vibrer la ramenant à l'instant présent, l'écran affichait " *Martine* ", une collègue députée et néanmoins copine, elle ne décrocha pas. Martine était une de celles qui n'arrêtent jamais de parler, et ce soir-là elle n'avait aucune envie de passer une heure en bavardages stériles, elle avait autre chose à faire.

La révision du volet " dépenses " du projet de Loi de Finances 2019 qui était à l'ordre du jour le lendemain à l'Assemblée lui paressait plus utile afin de dissiper ses lacunes en la matière. Des longs quarts d'heures s'écoulèrent à étudier les textes, le sommeil la prit pendant qu'elle révisait ses notes, les termes rébarbatifs qui jalonnaient la loi n'étaient pas de nature à la garder éveillée. Elle s'endormit calmement son abat-jour allumé comme Paris sous les lampions éclairés.

Son réveil ce 19 novembre n'était pas en service, ce fut le bruit de la place qui la réveilla, les artistes peintres installant leurs matériels et parlant entre eux donnaient une résonance particulière à la petite place du Tertre quasiment déserte. Il était tard, elle serait certainement arrivée en retard à l'Assemblée nationale, rien de grave, mais Milena préférait ne pas se faire remarquer. Elle appela un taxi, elle avait quinze minutes désormais pour se préparer, heureusement le fard et le mascara ne faisaient pas partie de sa trousse de beauté, seuls quelques traits d'Eye-liner suffisaient. Milena était plutôt la fille eau fraîche et savon de Marseille.

« *Au Palais Bourbon. Je suis pressée !* » dit-elle au chauffeur en montant en hâte dans la berline.

Le conducteur comprit immédiatement qu'il était en présence d'une jeune députée, une de ces femmes novices en politique qui venait d'accéder à un poste de représentant de la nation suite à l'accession à la présidence de la république d'Emmanuel Macron. Il se faufilait dans la circulation entre les voitures et autres moyens de locomotion changeant de file sans arrêt et essayant de satisfaire sa cliente dans l'espoir d'avoir quelques deniers de plus à la fin de la course.

Arrivée à destination Milena après avoir payé sa course lui glissa un billet de dix euros en pourboire.

« *Merci ! Tenez c'est pour vous... Et n'oubliez pas de les déclarer !* » dit-elle sous les yeux ébahis du chauffeur de taxi.

« *Certainement... Pardi... C'est la moindre des choses* », dit le chauffeur qui attendit que Milena s'éloigne pour lui faire un doigt d'honneur.

Dans l'hémicycle Martine la vit arriver sur la pointe de pieds et s'asseoir à côté d'elle.

« *Cela t'arrive parfois de répondre au téléphone ?* » dit-elle en lui faisant la bise.

« *De temps en temps bien sûr, mais pas toujours, et surtout pas quand je suis fatiguée* », répondit Milena.

« *Tout de même ! Quand c'est moi qui t'appelle... Au moins tu pourrais...* »

« *Chuuuttt...* », fit quelqu'un assis devant et qui s'était retourné les dévisageant pour les faire taire.

La loi de finances était débattue, ce n'était pas du tout sa tasse de thé, les orateurs se succédaient et après un moment Milena s'aperçut que l'ennui l'envahissait ; pourtant elle aurait bien voulu comprendre mais c'était vraiment du " *charabia* ". Elle se contentait d'applaudir quand un député de la majorité s'exprimait et de huer si c'était quelqu'un de l'opposition. Les heures se succédaient à l'Assemblée, quand ce serait le moment de voter elle n'avait qu'à faire comme tous les collègues du parti exprimer son silencieux consentement.

Dans le début de soirée les nombreuses questions dans l'hémicycle traitaient des récentes manifestations des Gilets Jaunes, les intervenants s'en donnaient à cœur joie, surtout l'opposition. Les membres du gouvernement cherchaient tant bien que mal à étouffer et minimiser l'importance du mouvement qui avait tout de même mobilisé 287.000 personnes.

La question du pouvoir d'achat des Français était souvent évoquée et le gouvernement laissait entendre qu'il était bien au travail afin d'apporter des solutions. Une autre question était inévitable à l'approche de l'hiver, celle des 125.000 SDF (*sans domicile fixe*). Le Ministre répondant à la question étalait tout le travail effectué déjà et promettait d'aller plus loin.

Ce jeu de politique politicienne ennuyait Milena qui ne voulait pas se l'avouer, mais avait la tête ailleurs. Dans la journée des barrages sur les routes bloquaient les camions de marchandises pendant ce temps des sites stratégiques étaient occupés comme les dépôts de carburants qui étaient évacués par les forces de gendarmerie. Dans l'île de la Réunion le couvre-feu avait été instauré à cause des émeutes, dans l'île, quarante-deux pour cent de la population vivait sous le seuil de pauvreté.

Le lendemain à l'Assemblée nationale un fait unique se produisit. Alors que le Ministre de l'Intérieur avait la parole, un député de l'opposition Monsieur Lassalle, attirait sur lui l'attention de toute l'assemblée ; assis à sa place il avait revêtu un gilet jaune, et le garda malgré les remontrances faites par le président de l'Assemblée qui pour mettre fin à cette insubordination décida de suspendre la séance. Plus tard étant avec Martine à la buvette de l'Assemblée, son téléphone retentit.

« *Milena Desprez bonjour... Moi ? ... Mais en êtes-vous certain ? ... Avec qui ? ... Dans*

quel but, et puis, que voulez-vous démontrer...
Bien, écoutez je vous rappelle dans un petit
moment... oui... merci ».

« Je n'en reviens pas, on me demande
d'aller sur un plateau de télévision et d'être
confrontée à un Gilet Jaune », dit-elle à Martine
qui, curieuse, n'avait perdu la moindre miette
de l'échange entre la rédaction de BRNtv et
Milena.

« C'est bien pour toi, vas-y ».

« Vas-y vas-y, que vais-je raconter sur un
plateau télé ? Je ne suis pas avocate ! »
répondit Milena perplexe.

Ce fut à ce moment là que le président du
groupe de la République en Marche à
l'Assemblée fit son entrée dans le bar
restaurant que les députés appellent " la
buvette ".

« Je viens de recevoir un appel de BRNtv
me demandant de participer à une émission de
télévision, il semblerait que vous soyez à
l'origine de tout cela », lui dit Milena d'un air
agacé.

« Ah... Oui je vous ai recommandée pour
faire face à ces vauriens, oh... Ne soyez pas
inquiète, je suis persuadé que vous vous en
sortirez très bien, vous saurez défendre ce en
quoi nous croyons, notre chère et vieille
République. Je vous regarderai à la télé, soyez

convaincante et efficace, salut ».

Le président du groupe s'éloigna considérant que la chose était entendue. Milena n'avait pas pu réagir, cela n'était pas facile de s'opposer au chef, elle allait donc se prêter au jeu en espérant ne pas être étranglée par le trac. Rappelant la rédaction de BRNtv elle demanda quel serait le déroulement de l'émission et quelles questions allaient être abordées. Elle fut rassurée en apprenant que trois autres intervenants seraient prêts à l'épauler en cas de difficulté.

Sur Google elle trouva toutes les informations sur le mouvement des " *Gilets Jaunes* ", leurs origines, leur nombres, leurs revendications, leurs défiances et leurs premières actions. Milena révisa le programme du candidat Macron relut aussi l'action du gouvernement et de la majorité depuis les dix-huit mois de mandat du président, elle était prête même si avec beaucoup d'appréhension, elle pouvait se rendre aux studios de BRNtv.

Dessin exécute par Nicola GJ

CHAPITRE 2

L'émission se déroulant à 21 heures Milena se présenta une heure plus tôt pour s'entretenir avec les journalistes et pour le passage quasi obligé au salon maquillage où l'on façonne le visage des invités leur donnant un teint compatible avec l'éclairage du plateau sous les mains d'une professionnelle du trucage.

Le bâtiment ultra-moderne et le design décidément d'avant-garde surprirent Milena qui découvrait le studio de télévision, elle observait les nombreuses personnes du staff, techniciens, ingénieurs, accessoiristes et journalistes qui, travaillant comme des abeilles dans une ruche accomplissent leur tâche pour que la chaîne soit en mesure de transmettre.

Quelqu'un se chargea de lui présenter les autres invités qui devaient débattre avec elle, tous des chefs ou directeurs d'organismes de sondages, de journaux, et autres institutions. Soudain elle aperçut le personnage Gilet Jaune qui devait être son adversaire du soir, il portait une chemise grise sous son gilet jaune, il avait la quarantaine et ses cheveux étaient déjà gris. Milena l'observait de loin et elle fut surprise de le voir refuser de passer par le salon de maquillage malgré l'insistance appuyée d'un responsable du plateau.

« *Je suis comme je suis, vous me filmez ainsi ou bien vous cherchez quelqu'un d'autre* », lui avait-il dit.

" *Quel prétentieux !* " pensait Milena alors que le Gilet Jaune venait vers elle.

« *Bonsoir, moi c'est Jérôme Lefranc, bonne chance pour tout à l'heure* », dit-il en souriant et serrant la main de Milena qui, hébétée, ne sut quoi répondre.

« *Hem... Oui vous aussi* », arriva-t-elle à dire avec un temps de retard.

Le regardant s'éloigner elle vit sur le dos de son gilet un dessin reproduisant une partie du tableau d'Eugène Delacroix représentant Marianne notre symbole national arborant un drapeau tricolore sous lequel était écrit :

« *J'ai mal à ma France* ».

Il était le 19 novembre 20h45, encore quinze minutes d'attente pour passer à l'antenne, c'est à ce moment-là que Milena vit l'extraordinaire. Elle pensait que c'était un mannequin, mais en beaucoup plus beau : grand, élancé, cheveux châtains courts mais pas trop, des traits parfaits, un sourire ravageur laissant voir des dents éclatantes et sous sa chemise qui le serrait un peu on devinait un corps d'athlète. Seul et unique inconvénient ! Cette copie conforme du dieu Apollon se dirigeait vers elle d'un pas décidé.

« *Bonsoir mademoiselle Desprez, je dois vous équiper d'un microphone si vous voulez bien* », dit l'Apollon la regardant avec ses yeux d'un vert intense.

Milena était perdue, c'était comme si elle se trouvait dans une autre dimension, un autre monde, le sourire du jeune homme l'avait subjuguée.

« *Mademoiselle !* ».

« *Heu... Oui, qu'est-ce que ? Vous dites ?* » Milena redescendait malgré elle sur la planète Terre.

« *Je disais qu'il faut vous équiper d'un micro, s'il vous plaît !* » très calme et très poli le technicien du son continuait à lui sourire.

« *Ah... Oui bien sûr, qu'est-ce que je fais ?* »

« *Je m'occupe de tout, laissez-moi faire, ce ne sera pas long, à peine une minute* », dit le technicien reprenant son travail.

Il accrocha un boîtier émetteur à la ceinture de la députée et le micro à la chemisette à hauteur du cœur. Pour fixer le microphone le technicien dut s'approcher très près de Milena qui ferma les yeux en sentant de près son parfum typiquement masculin.

Le technicien, lui, sentit un cœur battre très fort, celui de la députée. Il ne restait plus qu'à brancher le jack du micro à l'émetteur, un petit essai et :

« *C'est bon ça marche, merci à vous, veuillez s'il vous plaît éteindre votre portable et bonne chance* » dit le technicien avec un large sourire.

« *Je croise les doigts* », dit Milena qui s'empressa de répondre.

Le technicien étant parti, elle pensa devoir se ressaisir, ferma les yeux et remit ses idées dans leur bon ordre. 21 heures étant arrivées tous les invités se retrouvèrent dans le studio chacun à leur place, le débat commençait.

Milena observa les caméras, une petite lumière s'allumait sur chacune d'elles à chaque fois que les images captées passaient à l'antenne au bon vouloir du réalisateur qui se trouvait en régie. La journaliste présenta chaque invité, puis par quelques mots de circonstance elle situait le débat.

Après vingt minutes de débat sur les incidents survenus deux jours plus tôt par des casseurs venus perturber et salir les manifestations partout en France, la journaliste entra dans le vif du sujet de la protestation.

« *... bla bla bla, bla bla bla. La question est : Le gouvernement doit-il faire marche arrière et annuler la surtaxe sur les carburants ?* »

« *Il s'agit tout de même de faire la transition écologique, sauver la planète est bien plus important que toute autre considération. Il faut sortir du diesel et s'engager vers des modes de transports plus écologiques, le premier ministre a bien confirmé que " nous allons tenir la trajectoire carbone "* », dit l'un.

« *Cela serait perçu comme de la faiblesse, le gouvernement ne peut se permettre de le faire s'il veut rester crédible face à l'opinion publique* », dit un autre.

Puis la question fut enfin directement posée à Milena, députée de la République en Marche.

« *Pendant toute sa campagne électorale le président de la République avait expliqué les réformes qu'il entendait faire pour la France et les Français, il a été élu sur la base de ces propositions. La taxe sur le diesel fait partie des propositions du candidat Macron. Il est légitime et même nécessaire que la France tienne ses engagements qu'elle a pris lors de la COP 21 par exemple* ».

Pendant qu'elle s'exprimait Milena voyait le Gilet Jaune s'adresser par des gestes à la journaliste qui conduisait le débat pour demander la parole qui lui fut aussitôt donnée.

« *Des hommes et des femmes sont dans la rue parce qu'ils ont des difficultés à joindre les deux bouts, ils n'arrivent plus à vivre correctement, cette taxe sur les carburants les pénalise et les appauvrit lourdement, elle a fait déborder le vase déjà plein surtout dans les campagnes. Quand les petites gares ferroviaires sont fermées et qu'il n'y a pas de réseau de transport, la voiture est le seul moyen de se rendre au travail. Les travailleurs n'en peuvent plus et ils vous disent " stop ". Il faut augmenter leur pouvoir d'achat, le président est un menteur quand il dit... ».*

À l'écoute de ces mots, les invités tous en même temps prirent la parole pour dénoncer d'avoir affirmé que le président était menteur. La journaliste eut du mal à calmer le plateau, et quand elle y réussit Milena reprit la parole disant :

« C'est très irrespectueux de parler ainsi du président, vous devriez avoir honte de vos propos ».

« J'appelle un chat un chat, n'a-t-il pas dit et répété à tous les Français sur toutes les chaînes d'information et sur toutes les radios que les retraités ne subiraient aucune augmentation de la CSG et qu'il n'y aurait pas pour eux de perte du pouvoir d'achat ? Je cite textuellement les paroles du candidat Macron. " L'engagement que je prends ici devant vous est que toutes les petites retraites auront leur pouvoir d'achat protégé avec moi". Il me semble bien qu'il n'a pas tenu sa promesse, je peux donc dire que c'est un MEN-TEUR ».

Tout le plateau s'insurgeait contre le Gilet Jaune et chacun vociférait, il ne fut pas possible de reprendre le cours du débat, certains continuaient de railler et d'autres invités quittaient leur place. La journaliste annonça une page de publicité dans une agitation grandissante.

« Un menteur ne mérite pas d'être président de la République, qu'il démissionne ! » continuait de crier le Gilet Jaune.

Il ne put y avoir de reprise du débat, certains invités quittaient le plateau et le studio avant l'heure. Milena s'apprêtait à faire de même, et alors qu'elle essayait de débrancher son microphone le technicien, l'Apollon de service plein de charme vint à son secours.

« Je vais vous aider si vous le permettez ».

« Oh... Oui bien volontiers », dit-elle agréablement surprise et heureuse de sentir à nouveau son odeur.

« Voilà maintenant c'est bon, vous pouvez rallumer votre téléphone », reprit le technicien.

« Ah oui je l'avais oublié, merci », c'est avec une pointe de tristesse qu'elle le regarda s'éloigner, elle l'aurait bien retenu, mais comment faire ?

Le téléphone à peine allumé elle le lut ; Martine, Martine, Martine, maman, maman, papa, Martine, la liste était longue, son smartphone affichait les appels reçus, il devait y en avoir encore plus sur son téléphone professionnel qu'elle n'osa pas allumer.

Elle appela sa mère en premier, la rassurant qu'elle allait bien, comme tous les soirs. Puis ce fut le tour de Martine, il fallait inventer quelque chose pour ne pas l'avoir en ligne pendant une heure.

« *Non, non je te dis... Non... Il a insulté le président, enfin tu as suivi ça ! J'ai su lui dire qu'il devrait avoir honte, mais tu sais des prétentieux, aveugles, bornés comme lui n'écoutent rien, ah... Allô Martine je te raconterai tout ça à l'Assemblée demain, le producteur de l'émission veut me voir, je dois te laisser à demain, salut* ».

Milena resta un moment dans le studio, elle chercha des yeux le technicien du son, elle voulait le voir encore une fois. Elle le vit passer pas trop loin, sans savoir pourquoi le salua d'un geste, le jeune homme fit de même en déployant son plus beau sourire.

CHAPITRE 3

La nuit fut courte, il fallait déjà retourner à l'Assemblée nationale, ce 20 novembre était la séquence des questions au gouvernement, séquence plus distrayante que l'étude des propositions de lois.

Arrivée à l'Assemblée Milena ne put se soustraire à l'inévitable : Martine l'attendait dans le hall d'entrée avec ses questions sans fin, impossible de ne pas lui répondre, pendant un quart d'heure elle dut tout raconter de sa soirée chez BRNtv. Elle se garda néanmoins de lui parler du technicien du son, cet amour naissant fort et impérieux devait être son secret. Elle se demandait néanmoins comment faire pour le revoir, elle ne connaissait pas son nom, elle ne pouvait tout de même pas se pointer chez BRNtv et dire " *je cherche un technicien !* "

Dans le pays chacun se préparait pour la manifestation du samedi 24 novembre. Aucune déclaration n'avait été reçue par les autorités qui ne savaient où déployer le dispositif de sécurité. Des actions étaient menées partout, barrages autoroutiers, blocages d'Amazon leader de la vente en ligne, blocage des dépôts pétroliers, et les banques molestées.

On entendait de temps à autre des leaders de forces politiques essayer de récupérer le mouvement, mais les Gilets Jaunes n'étaient d'aucun parti, ni de droite ni de gauche ni des syndicats. Ils étaient une masse de personnes hétéroclites composée d'ouvriers, de petits patrons, d'employés, de retraités, de femmes et d'hommes qui voulaient changer cette vieille démocratie désormais trop corrompue.

Ils n'avaient pas de chef ou de capitaine ni de commandant, ils étaient tous ensemble à se lever contre les injustices d'une République guidée par des intérêts partisans. Cela ne pouvait plus durer ; l'injustice était criante.

Le samedi 24 novembre sur les Champs Élysées c'était " *l'acte II* " des milliers de Gilets Jaunes manifestaient ; des casseurs et voyous mêlés à la foule avaient créé le désordre et détérioré du mobilier urbain.

Les brigades de policiers et gendarmes tentaient de les disperser avec des bombes lacrymogènes, des grenades assourdissantes, et des canons à eau. Il y avait des barricades sur les Champs Élysées ; des images qui resteront gravées dans les mémoires. Un peuple qui vivait de plus en plus mal faisait face à son armée en brandissant le drapeau national et en chantant la Marseillaise. L'armée, détournée de sa mission de gardienne de l'ordre était réquisitionnée par le pouvoir pour réprimer le peuple, elle semblait néanmoins se complaire dans le matraquage et la provocation.

« *Les prix augmentent, les impôts et les taxes augmentent mais les salaires stagnent,*

forcément tôt ou tard cela devait arriver »,
disait un manifestant à un journaliste.

« *Il va falloir qu'ils comprennent que le
peuple en a marre, nous irons jusqu'au bout* »,
criait une dame.

Les manifestants étaient partout pas
uniquement dans la capitale ; à Bordeaux, Lyon,
Nice, Marseille, Montpellier et dans toutes les
villes et villages Français on entendait crier :

« *Macron démission, Macron démission,
Macron démission, Macron démission* », cela
n'arrêtait pas.

Ce ne pouvait pas être officiel bien sûr,
mais une information laissait entendre que des
policiers s'étaient mêlés à la foule pour casser
tout et dégrader dans le but de discréditer le
mouvement auprès de la population, à un mois
de Noël jouer le pourrissement de la
contestation était pour le gouvernement la
meilleure tactique aussi vile soit-elle.

Les autorités ne bougeaient pas d'un
pouce, elles annonçaient en nette baisse le
nombre de manifestants, 166.000 disaient-ils.
Ils proclamaient donc haut et fort que la taxe
sur les carburants était maintenue. Rien de
nouveau sous le soleil.

Les jours suivants à l'Assemblée nationale
les débats prévus se succédaient, Milena y
participait dans le strict cadre de ses
compétences. Un député de l'île de la Réunion
brandissait un gilet jaune comme étendard de

la révolte, encore une fois la séance était suspendue. Ce fut le chef du groupe des députés *" En Marche "* lui-même cette fois-ci qui s'adressant à Milena lui dit :

« Je vous ai encore proposé pour être notre porte-parole auprès de la presse si vous voulez bien participer à un reportage politique qui sera fait demain soir chez BRNtv ».

Milena qui n'avait pas arrêté de penser au technicien du son depuis leur premier regard fut ravie d'accepter. Elle allait peut-être le revoir, et connaître son prénom.

Le lendemain Milena portait une belle robe, mais ce n'était pas pour passer à la télé qu'elle la portait, c'était pour lui plaire, à lui le technicien, son Apollon et nul autre, si toutefois ils se rencontraient. Oui bon ! Elle agissait comme une collégienne, mais elle était éprise, elle était ensorcelée par ce jeune homme.

Arrivée au studio une hôtesse d'accueil la fit s'installer dans le grand salon, la journaliste vint auprès d'elle et ensemble elles conversèrent sur la séquence de l'émission qui n'était pas un débat mais une sorte de documentaire qui tracerait les parcours de plusieurs jeunes députés de la République.

Milena connaissait donc à l'avance les questions auxquelles elle devrait répondre. Elle regardait tout autour, des techniciens allaient et venaient d'un coin à l'autre, mais son Apollon à elle où était-il ?

« Très léger le maquillage s'il vous plaît »,

dit-elle à la maquilleuse qui n'écoutait pas.

Elle le vit arriver comme la première fois, cela lui fit le même effet, son cœur se mit à battre plus fort, il était là, son Apollon était là, il remplissait l'espace, elle n'avait d'yeux que pour lui.

« *Bonsoir mademoiselle Desprez, je dois vous équiper d'un microphone si vous me permettez, j'espère vous allez bien depuis la dernière fois* », dit de sa voix forte.

« *Bonsoir... Oui merci je vais bien, un peu tendue peut être* », répondit Milena ne sachant que dire.

« *Tout ira bien détendez-vous, respirez profondément, ça ira* », reprit le jeune homme lui posant le micro et le récepteur en affichant son plus beau sourire.

Après l'entretien avec la journaliste face à la camera, lorsque la séquence fut terminée, le technicien du son revint pour la débarrasser du matériel audio. Milena était contente de l'avoir encore tout proche et de sentir son odeur.

« *Je vous l'avais dit que tout irait bien mademoiselle, vous étiez parfaite* », il partit avec un sourire et en saluant.

Milena le regardait s'éloigner en soupirant, puis elle se dirigea vers l'ascenseur après avoir salué tous les présents. Elle était seule dans la cabine, et elle se regardait dans le grand miroir pour bien voir le maquillage qu'on lui avait appliqué sur le visage.

« *Beurk, vraiment minable...* », disait-elle en grimaçant.

Après avoir appuyé sur le bouton qui commandait la descente vers le rez-de-chaussée les portes coulissantes étaient sur le point de se fermer lorsque une main s'interposa entre les deux. L'effet souhaité par l'intervenant fut exaucé, les deux portes coulissantes s'ouvrirent de nouveau. La surprise fut de taille pour Milena, et même très appréciée, le technicien du son apparut devant elle revêtu d'un blouson prêt à partir, il entra dans l'ascenseur et fut lui aussi agréablement surpris.

« *Pardonnez-moi mademoiselle, j'espère ne pas vous déranger !* »

« *Bien sûr que non, je vous en prie* », dit simplement Milena, mais elle pensait.

" *Me déranger ? Me Déranger ? S'il savait combien je suis contente de l'avoir tout près de moi et de sentir son souffle, s'il savait l'envie que j'ai de le serrer dans mes bras, de lui sauter dessus et de l'embrasser d'un baiser ardent et passionné, s'il savait qu'en ce moment même je voudrais lui faire l'amour comme une sauvage, ah... Mon Dieu ! Ah mon Dieu ! Pourquoi cet ascenseur ne tombe pas en panne ?* "

Soudain un soubresaut se produisit, l'ascenseur ralentit et trois secondes plus tard les portes s'ouvrirent, ils étaient au rez-de-chaussée. Milena soupira déçue. Ils sortirent du bâtiment en silence.

« *Si vous êtes à pied je serais heureux de vous raccompagner, j'ai ma voiture* », dit le jeune homme.

C'était inespéré ; oui mais ! Allait-elle accepter ? Pour une fille sérieuse cela ne se faisait pas, pour une deuxième rencontre on ne pouvait pas aller plus loin.

« *Non je vous remercie, je vais tout simplement prendre un taxi* ».

« *Vous êtes sûre ? Cela ne me dérange pas vous savez ? Ou allez-vous ?* » le jeune homme insistait, mais pas seulement par politesse, lui aussi était subjugué.

« *Montmartre ! Je vais à Montmartre* ».

« *Quel hasard ! C'est sur mon chemin, je vais à Aubervilliers* ».

" *Et puis, quelle importance sur une rencontre imprévue peut aussi naître une histoire d'amour, qui sait ? Je risque de ne jamais plus le revoir, tant pis pour la bienséance* " pensait Milena et ayant pris la décision lui dit :

« *C'est d'accord, je vous remercie* », elle sauta le pas, non sans crainte.

Le jeune homme lui ouvrit la portière et la fit s'asseoir, il fit le tour du véhicule et étant monté mit le contact. C'était une toute petite voiture française à deux portes, pas trop vieillotte, mais avec des jantes en aluminium. L'autoradio à peine le contact établi lança des notes de musique d'une célèbre chanson italienne.

« *J'aime les chansons italiennes* », dit-il pour engager la conversation tout en baissant le son.

« *Je les aime aussi, j'en connais quelques-unes, mais dites-moi, quel est votre nom ? Moi c'est Milena* ».

« *Guido, je m'appelle Guido, je sais c'est assez inhabituel comme prénom en fait c'est un prénom italien* ».

Ils roulaient dans Paris vers la lointaine basilique du Sacré-cœur, la circulation n'était pas vraiment fluide par endroits, ils parlaient un peu de tout, ils riaient parfois, ils chantèrent même en suivant l'autoradio. Milena était séduite par Guido, tout lui plaisait en lui : sa voix, son humour, ses gestes, elle était heureuse, heureuse de l'avoir rencontré.
Voulant savoir tout de lui elle le questionnait sur son travail et sur ses loisirs,

Guido répondait volontiers mais était très réservé sur sa vie privée. C'était un moment agréable pour tous les deux. La montée de la butte Montmartre laissait entendre que la promenade en voiture en bonne compagnie allait bientôt se terminer.

« *Où allons-nous ?* » demanda Guido.

« *Place du Tertre* », répondit-elle.

Guido s'arrêta à proximité et éteignit le moteur, il descendit et fit le tour pour ouvrir la portière. Milena, sentant une émotion l'envahir, se lança disant :

« *Vous montez boire un verre ?* »

Guido la regarda dans les yeux en s'approchant d'elle, puis de sa main lui caressa tendrement son visage et ses cheveux. Milena savourait intensément ces moments, ils étaient proches l'un de l'autre, l'odeur du jeune homme l'enivrait. Guido se pencha pour déposer sur ses lèvres un simple baiser.

« *Tenez, appelez-moi quand vous serez sûre de vraiment le vouloir* », dit Guido lui tendant sa carte de visite.

Non... Non, son Apollon ne serait pas l'aventure d'un soir.

Dessin exécuté par Nicola GJ

CHAPITRE 4

Milena avait monté l'escalier vers son petit appartement pensant toujours à Guido, elle revoyait son sourire et ses yeux enchanteurs, réentendait sa voix, " *Guido, je m'appelle Guido* ". Elle se remémorait leur conversation, puis soudain elle chantait la chanson italienne qu'ils avaient reprise en cœur dans la voiture.

> « *Lasciatemi cantare*
> *con la chitarra in mano*
> *lasciatemi cantare*
> *una canzone piano piano*
> *Lasciatemi cant...* ».

Milena soupirait de nostalgie, elle prit la carte de visite qu'il lui avait donnée et la porta près de son nez pour en sentir l'odeur. Puis elle pensa aux derniers instants passés ensemble, lorsque délicatement lui caressa le visage et qu'il posa ses lèvres sur les siennes, un simple baiser, mais un baiser plein de tendresse, plein de promesses.

Dans le pays tout entier on parlait tous les jours des Gilets Jaunes, il était venu le temps du dialogue avec le gouvernement. Responsables politiques et médias insistaient dans ce sens.

« *Mettons-nous autour de la table et discutons* », disaient-ils comme si cela était la solution ultime.

Les révoltés de la République ne la voyaient pas de la même manière. Le mouvement sans commandants et sans chefs ne voulait pas de représentants. En effet il aurait fallu organiser des élections démocratiques au sein des Gilets Jaunes pour désigner des représentants. Mais comment faire confiance ? Le mouvement spontané n'étant pas structuré ne pouvait pas en élire, mais disons-le aussi, ils ne voulaient pas le faire pour justement mettre en difficulté le pouvoir en place.

Huit Gilets Jaunes voulurent franchir le pas pour aller discuter avec le premier ministre, mais ils se rétractèrent. Il faut dire aussi que le premier ministre du haut de son piédestal avait commis la grande l'erreur de refuser systématiquement que ces discussions (qu'il voulait tant) avec des Gilets Jaunes soient filmées en direct par les caméras de télévision, cela induisait de la suspicion.

Une rencontre eut lieu néanmoins le 27 novembre entre deux Gilets Jaunes et le ministre de la Transition écologique, mais cela n'avait rien donné. Les autorités n'avaient encore rien compris à la demande des manifestants qui au-delà de la suppression des taxes sur les carburants s'attachaient surtout au pouvoir d'achat qu'ils réclamaient.

Cependant à l'Assemblée nationale les élus de l'opposition unanimes relayaient leur colère, un moratoire des hausses de taxes sur les carburants avait été demandé.

« Il est toujours temps d'entendre le ras-le-bol fiscal et satisfaire les revendications».

La presse étrangère s'intéressait aux Gilets Jaunes, elle parlait d'eux comme " *la révolte de la France profonde contre les élites qu'incarne parfaitement Emmanuel Macron* ".

Milena continuait sa vie de députée et se tenait informée de la situation, elle n'arrêtait pas de penser à Guido. Il était sa première pensée au réveil et le soir elle s'endormait en pensant à lui. Elle ne le voyait pas depuis plusieurs jours, assez pour être certaine d'être tombée amoureuse de lui dès le tout premier regard. Que faire ? L'appeler ? Sa carte de visite était bien souvent dans ses mains et elle avait été tentée de l'appeler à plusieurs reprises.

06 62 48 ... ... Son cœur accélérait la cadence, et battait de plus en plus fort, les quelques secondes qui précédaient la première sonnerie semblaient sans fin, puis elle entendit se succéder les quatre tonalités. Elle n'était pas sûre de pouvoir parler sans bafouiller. Qu'allait-elle lui dire ? Par quel mot commencer ?

« Vous êtes sur le portable de Guido, veuillez laisser un message, je vous rappellerai, merci ! »

Milena raccrocha aussitôt, rien, pas un mot, elle n'aurait pas réussi à parler à un enregistreur. C'était raté, il fallait encore vaincre ses craintes, recommencer plus tard. Elle se replongea dans l'étude de ses dossiers avec assiduité. Quand le téléphone sonna, Milena était sous la douche, elle se dépêcha d'enfiler un peignoir pour répondre.

« Bonsoir, c'est Guido à l'appareil, vous m'avez appelé ? ... Allô... All ! »

« Oui bonsoir, c'est Milena, Milena Desprez », dit-elle se demandant si Guido ne l'avait pas oubliée.

« Milena ! Je pense à vous tous les jours, vous me manquez », dit Guido d'une voix empeignée de tendresse.

« Moi aussi, j'ai pensé à vous, j'ai une grande envie de vous voir ».

« Bien ! Alors... On peut dîner ensemble ce soir ? Cela permettra de nous connaître ».

Ils fixèrent rendez-vous au Kunitoraya, restaurant japonais situé entre le Louvre et l'Opéra pour un repas gastronomique. Guido connaissait bien le chef et voulait surprendre Milena par la beauté et originalité de l'endroit et ses papilles par une authentique cuisine orientale.

Milena était affolée, elle avait rendez-vous une heure plus tard avec le plus beau gentleman qu'elle n'ait jamais rencontré de sa vie. Exceptionnellement ce soir-la elle força un peu sur son discret maquillage, choisit sa plus belle robe, et abusa un peu de son parfum préféré "Jardin de Bagatelle". Elle était heureuse, l'adrénaline lui donnait des ailes. Elle était comme une fillette qui reçoit son cadeau le plus beau.

Le taxi l'arrêta à proximité, elle voulait rejoindre à pied le restaurant, Guido guettait en l'attendant au coin de la rue. Il la vit arriver : bottes en cuir noir avec des petits talons, pantalon près du corps noir, une veste en laine noire elle aussi, une maxi écharpe tartan écossais à grands carreaux rouges verts et gris dont les pointes descendaient jusqu'à la taille. Elle portait au bras droit un sac en cuir lui aussi, et tenait sa main gauche dans la poche de son pantalon. Elle avait des longs cheveux marron jusqu'à mi-bras en dégradés blonds bouclés.

Lorsqu'ils s'aperçurent ils coururent l'un vers l'autre en ouvrant les bras pour s'enlacer, ils le firent sans gêne, ils s'embrassèrent avec passion et leurs lèvres assoiffées d'amour s'ouvraient pour laisser leur langue se savourer dans un remous sans fin. Ils ne pensaient plus à rien, plus rien n'avait d'importance, ils étaient seuls au monde, ignorant les voitures qui roulaient, le chien qui aboyait et les passants qui les observaient, ils étaient ensemble tous les deux s'imprégnant de ce moment de félicité.

Ils se regardèrent l'un l'autre, ils n'eurent pas besoin de parler, ils s'étaient compris, Guido la prit par la main et la conduisit à peine vingt mètres plus loin. Ils entrèrent dans un petit hôtel bien étoilé tout de même, ils prirent une chambre. Elle était au premier étage où ils montèrent en courant par l'escalier. La chambre n'avait aucune importance.

À peine franchit le seuil ce fut un vrai feu d'artifice, ils s'embrassaient avec frénésie et avidité tout en se déshabillant, si bien qu'ils tombèrent sur le lit et pendant que leurs langues se cherchaient, les mains baladeuses de Milena découvraient la peau de son torse désormais nu. Guido embrassait les seins généreux de sa partenaire alors que Milena fermant les yeux, caressait ses épaules.

Leurs odeurs se mêlaient et l'ébriété du désir se traduisait par des longs soupirs et des gémissements rauques. Ils se découvraient amoureux et amants, étant prêts à sonder l'insondable, à détruire l'indestructible et violer l'inviolable, à franchir l'impossible, prêts à s'aimer. Désormais étaient tous les deux entièrement nus, leurs mains, leurs lèvres et leurs langues étaient les auteurs de chaque émotion, de chaque frisson.

Engloutis dans l'éternel d'une autre dimension ils étaient plongés dans un amour charnel et spirituel. L'un dans l'autre, dans un inarrêtable convulsif mouvement, jusqu'à joindre le spasme de l'extase. Encore et puis encore et encore.

Quand le temps passant enfin comme en descension ils revenaient finalement sur terre Guido lui demanda :

« *Vous avez faim ?* »

« *Je mangerais un bœuf* », dit Milena.

« *Vous exagérez un peu non ?* » reprit Guido en cherchant dans ses contacts.

« *Ken ? Oui salut, écoute je me trouve à l'hôtel Thérèse, peux-tu me faire apporter deux repas ? Oui, ce que je prends d'habitude, OK dans la chambre 104, merci, j'oubliais, une bouteille de rouge s'il te plaît, je te revaudrai ça* ».

Milena qui pendant ce temps était allée dans la salle de bain était de retour, son beau visage apaisé et souriant manifestait toute sa satisfaction.

Ken avait tout prévu, nappe, serviettes, couverts verres et même un petit vase avec des fleurs. Le petit bureau qui était dans la chambre allait parfaitement, se transformer en table le temps d'un dîner qui même sans chandelles n'en était pas moins romantique. Ils étaient nus tous les deux pour déguster des Onigiris (boules de riz) au saumon, des donburis (grand bol de riz sur lequel on dispose toutes sortes de garnitures) et un bol d'udon (nouilles épaisses noyées dans un bouillon).

« *Ce ne sera pas un bœuf, mais je pense qu'après tout cela vous n'aurez plus faim* », dit Guido.

« *Je parie que oui* », répondit Milena avec sérieux alors que Guido n'en croyait pas ses oreilles.

Ils dégustaient chaque plat, ils chantaient

ils se regardaient, buvant du vin, ils riaient, ils continuaient à manger, ils buvaient encore. Enfin ils s'étaient levés de table quand tout à coup Milena dit :

« J'en veux encore, je vous l'avais dit, je ne suis pas rassasiée ».

Guido stupéfait n'en croyait pas ses oreilles, et alors qu'il cherchait son téléphone pour rappeler Ken, Milena se jeta sur lui le faisant basculer sur le lit.

« C'est de vous que je ne suis pas rassasiée, faites-moi encore l'amour ».

Ils recommencèrent de plus belle et c'était toujours aussi beau aussi bon, ce fut encore les gémissements, les soupirs, les caresses, les baisers. Encore et puis encore et encore. La lueur du jour réveilla Guido qui doucement quitta le lit pour la salle de bain, à son retour Milena dormait encore, appelant le service de chambre il commanda le petit déjeuner qui arriva dix minutes plus tard au moment où Milena se réveillait.

« Bonjour mon amour ! »

« Bonjour à vous, quelle heure est-il ? »

« Je crois qu'il faudrait maintenant qu'on essaie de se tutoyer, il est huit heures trente ».

« Oh non... Je n'ai aucune envie d'aller à

l'Assemblée ce matin je suis en retard en plus...
Oui excuse-moi je serai ravie que tu me
tutoies », dit Milena.

Ils déjeunèrent au lit comme deux amoureux, entre eux des regards ambigus, ils faisaient des tartines l'un pour l'autre, café, chocolat, jus d'orange et d'ananas, beurre et trois types de confitures. Guido se leva pour débarrasser le plateau, Milena s'extasiait en admirant son corps d'athlète nu, beau, viril.

« *Aujourd'hui c'est mon jour de congé, je suis libre comme l'air* », lui dit Guido avec un regard interrogatif.

« *Moi je n'ai pas de congé, mais je vais te dire une bonne chose, c'est que... La République attendra* », répondit Milena qui avait bien compris le regard de son amant.

Ils reprirent comme des sauvages à faire l'amour pendant encore deux heures, puis rendirent la chambre et sortirent se promener dans Paris serrés l'un à l'autre comme le font tous les amoureux.
" *L'acte III* " de la mobilisation allait se tenir à Paris et partout en France le samedi premier décembre comme les deux précédents samedi. Le travail de Milena étant très prenant, le temps passé avec Guido était compté, ils s'arrangeaient pour se voir tous les jours, parfois ils soupaient ensemble.
Leur amour grandissait, s'affermissait, leur lien s'intensifiait. De son côté Guido était aussi

47

pris par son travail, bien qu'il ne fût pas d'accord avec la rédaction sur le traitement de l'information qu'il jugeait trop proche du gouvernement et franchement en opposition avec les Gilets Jaunes. Mais après tout il n'était qu'un simple technicien, la parole politique n'était pas dans ses prérogatives.

Seul le PDG de la chaîne dont la fortune personnelle était estimée à 240 millions d'euros donnait les orientations politiques. Dans ces conditions on comprenait pourquoi BRNtv était hostile sans l'avouer aux Gilets Jaunes.

CHAPITRE 5

« En fin de semaine je rentre travailler à la maison, dans ma circonscription », lui dit Milena.

« Tu vas beaucoup me manquer ! Mais au fait en quoi consiste le travail dans ta circonscription ? »

« Pourquoi ne viens-tu pas avec moi ? On serait ensemble et je te présenterais mes parents, tu verrais le travail que j'accomplis pour mes électeurs ».

Ils prirent le train, ils allaient en province, la députée pour être au contact de la population se devait de rejoindre sa circonscription, sa population, celle qui l'avait élue faisant d'elle la représentante du peuple, le trait de liaison entre les citoyens et la République. Il fallait recevoir les doléances, de chacun identifier et étudier les problèmes et y apporter des solutions pratiques.

Ces solutions passaient souvent par des associations d'aide, elles sont les premières à avoir des réponses aux enjeux de société. Heureusement la France a un tissu associatif très important, des bénévoles très nombreux sont là, prêts à intervenir comme la solution aux problèmes de société par l'intelligence et la mobilisation collective.

Le paysage défilait derrière la vitre, ils se tenaient par la main étant assis côte à côte tout proche l'un de l'autre. Sous un ciel mi-nuageux qui laissait voir le soleil de façon sporadique la belle campagne française laissait entrevoir des champs en culture, des arbres éparpillés un peu partout et des grands pâturages où les vaches broutaient encore l'herbe, elles seraient bientôt enfermées dans l'étable pour un long et ennuyeux hiver.

« *Encore une demi-heure de route et on sera enfin à la maison* », dit Milena presque heureuse.

« *Pardon ? " Tu " seras à la maison ! Quant à moi il faut que je galère pendant deux jours* », répondit Guido qui se demandait dans quel traquenard il s'était fichu.

« *Tu voulais voir comment je travaille ? Eh bien tu le verras* », répondit Milena un peu amusée et le taquinant.

À l'arrêt d'une petite gare un couple de passagers d'une trentaine d'années monta dans la voiture, ils étaient en pleine dispute, ils vociféraient à haute voix et ne se souciaient guère d'être jugés par les quelques autres passagers. Ils s'assirent juste devant nos deux jeunes amoureux qui en les entendant se regardaient dans les yeux craignaient le pire.

« *Cela ne peut continuer ainsi, j'en ai marre de me priver de tout* », disait-elle d'une voix coléreuse.

« *Que veux-tu que je fasse, vas-y, dis-moi ce qu'il faut que je fasse, on ne veut pas m'embaucher ce n'est pas de ma faute ! Ces patrons de merde !*» répondait l'homme criant plus fort que la femme.

« *Mais fais quelque chose ! Je ne sais pas moi... Un bon à rien, voilà ce que tu es, un bon à rien* », lui répétait sa femme.

« *OK, c'est décidé, demain je braque une banque, c'est ce que tu veux ? C'est ce que tu veux ? Tu viens avec moi, tu feras le guet* ».

« *Non mais... Tu es fou ? Je ne ferai rien du tout... Braquer une banque... Et puis quoi encore ? T'apporter des oranges en prison ? Non mon amour je ne veux pas ça... Reste avec moi, ne me quitte pas* ».

La femme dans sa dernière phrase avait complètement changé de ton, avec une voix douce et un ton langoureux, désormais elle embrassait son mari avec passion, en signe de tendre réconciliation. Milena et Guido se regardèrent et écarquillèrent leurs yeux pour marquer leur énorme surprise.

« *Tout est bien qui finit bien* », dit Guido.

Sur ce fait, un contrôleur de la SNCF entra avec sa poinçonneuse à la main, chacun présentait son titre de transport, Milena présenta sa carte de député. Le couple devant eux encore pris dans son baiser d'amour dut être interrompu par le contrôleur qui, après avoir poinçonné les tickets, déclara :

« *Vous pouvez reprendre là où je vous ai interrompus, veuillez m'excuser* », un sourire général s'ensuivit.

Ils étaient presque arrivés, Milena était excitée à l'idée de présenter son amoureux à ses parents. Non bien sûr ce n'était pas le premier qu'elle leur présentait, mais celui-ci était particulier : beau, intelligent, travailleur, sérieux, modeste, engagé, le gendre idéal en somme. Milena espérait aller beaucoup plus loin dans leur engagement, et pourquoi pas vivre ensemble et avoir des enfants, mais il était trop tôt pour faire des projets.

À la sortie de la gare ferroviaire Milena suivie par Guido traînant sa petite valise se dirigeait vers une Citroën noire qui attendait de l'autre côté de la place. Les deux portières du véhicule s'ouvrirent, les parents de Milena venaient à leur rencontre. Un homme grand bien habillé avec des lunettes et une grosse moustache, à côté de lui une charmante femme blonde mince et très souriante, leur embrassade fut chaleureuse. Guido un peu de côté regardait autour de lui avec un peu d'anxiété attendant d'être présenté.

« *Maman, papa, je vous présente Guido un collaborateur* », dit Milena en regardant la réaction que cela produirait.

La poignée de main avec les époux Desprez fut chaleureuse elle aussi, Guido sous le regard de Milena fut parfait, un vrai gentleman. Ils montèrent en voiture pour un bref parcours qui conduisait sur la place du village, là ou Milena avait sa permanence électorale. En fait tout le petit bâtiment appartenait à ses parents qui lors de l'élection de Milena mirent tout le rez-de-chaussée à sa disposition pour y recevoir les appels au secours d'une partie de la population toujours plus nombreuse.

Milena monta un petit moment à la maison avec ses parents pendant que Guido prenait réception de la chambre qu'il avait réservée dans l'hôtel tout proche, sur la place.

Ils se retrouvèrent à la permanence, et à peine seuls, Guido lui posa la question.

« *Donc me voilà heureux collaborateur de la République ? Quelle fulgurante ascension !* »

« *Mais enfin tu comprends bien qu'il est trop tôt pour que je te présente comme mon amoureux à mes parents !* »

« *J'aurais préféré passer pour ton ami* », termina Guido en l'embrassant tendrement.

Milena lui fit visiter les locaux, composés d'une salle d'attente et d'un bureau, puis dans les parties privées une chambre, une salle de bain et une petite cuisine toute équipée.

« *Les besoins sont hélas énormes et s'accentuent mois après mois ; les problèmes d'ordre sociaux pèsent sur les citoyens, il est temps d'y mettre un terme* », dit Milena.

« Cela *ne doit pas être facile tous les jours, je m'imagine l'ampleur du désarroi et du besoin de certains* », lui répondit Guido d'un air attristé.

Milena ouvrit la permanence, et ce fut tout l'après-midi qu'elle reçut les doléances des citoyens et essaya d'apporter des réponses. Problèmes de logement, d'aides juridiques, problèmes de voisinage, d'inscription à des écoles spécialisées demande de mutations, tout y passait.

Une dame spécialement vint se plaindre d'un traitement subi. À la suite d'un accident de travail elle fut jugée inapte à exercer sa profession, puis son statut changea en celui de malade en longue durée pour six mois, et à la fin elle fut jugée invalide avec une baisse de revenus de 300 euros.

« *Lorsque je travaillais je vivais avec 1.200 euros mensuels, je mangeais, je m'habillais je payais mon loyer et tout le reste maintenant je perçois seulement 900 euros, je suis en dessous du seuil de pauvreté. Que faut-il que je fasse ? Ne plus manger ? Ou ne plus payer le loyer ? C'est injuste, surtout pour un accident de travail. Sans compter que lorsque je serai à la retraite on me donnera encore moins »*.

Milena pris note des difficultés de la dame et commença par chercher à comprendre pour essayer d'apporter une solution à son problème. Avec son téléphone elle appelait et rappelait les " *bonnes personnes* ", celles qui pouvaient faire quelque chose. Inspection du travail, sécurité sociale et organismes de prises en charges étaient sollicités. Après vingt minutes le résultat était nul. En définitive la dame avait ce que les lois de notre pays lui accordaient, que faire donc ? Aucune autre aide ne pouvait lui être allouée. La dame attendait et espérait en une bonne nouvelle de la députée qui dut la décevoir. Milena confuse et impuissante ne savait pas quoi lui dire, cette dame abusée par nos lois n'avait aucune issue, aucune voie de secours, comment s'en sortir ?

« *Vous pouvez toujours être aidée par les restaurants du cœur pour la nourriture et la Croix Rouge elle distribue des vêtements à ceux qui en ont besoin* ».

La réponse de Milena heurta la sensibilité de Guido. Et lorsque la dame fut sortie du bureau il la questionna :

« *Comment ? Se résigner à être pauvre et à mendier pour sa subsistance ? Et cela à cause d'un accident du travail ? C'est toute l'aide qu'on apporte au peuple ? Mais c'est injuste !* »

« *Je n'ai pas d'autres moyens, je suis coincée moi aussi, je voudrais faire plus mais...*», elle était désolée.

« *La septième puissance économique mondiale n'a rien à donner à ses citoyens ! C'est tout de même un comble* », Guido était furieux mais il cachait sa colère, il ne voulait pas bousculer Milena.

Le soir il dut accepter l'invitation à souper des parents de Milena, il se présenta avec des fleurs pour madame. Leur maison qui n'avait rien de particulier à l'extérieur, renfermait des meubles, tableaux et statues du dix-huitième siècle d'une valeur certaine. Guido en fut surpris et enchanté : commode, paravent, console d'applique, table basse, chiffonnier, encoignures et tant d'autres meubles dont chacun d'une valeur de plusieurs milliers d'euros emplissaient l'immense salon dont les murs étaient recouverts de tapisseries d'époque.
Un lustre demi-montgolfière en cristal taillé à facettes complétait l'harmonie du lieu lui donnant une atmosphère très particulière.
Après un petit verre d'alcool et quelques petits salés à l'apéritif, ils passèrent à table pour le souper, la discussion porta sur l'actualité du moment, les Gilets Jaunes. Guido n'était pas à l'aise avec ce sujet, face aux parents de Milena il voulait rester sobre et courtois, ce qui ne l'empêchait pas d'être vrai.

« *Vous rendez vous compte du nombre de*

dégradations commises à Paris ? Dans notre belle capitale on n'est plus en sécurité, ce sont des voyous », disait madame pendant que monsieur remontait ses lunettes.

« *Pas tous maman, pas tous ! Il y en a qui manifestent pacifiquement »*, corrigeait Milena soucieuse de rectifier.

« *Il est évident qu'une partie de la population déçue de la politique actuelle à tort ou à raison, attend un changement radical d'orientation, une politique plus juste et à l'écoute du peuple »*, disait monsieur.

« *Vous jeune homme qu'en pensez-vous ? »*

La mère de Milena avait senti qu'il y avait quelque chose entre sa fille et Guido, elle avait remarqué certains regards entre eux et même certains sourires presque cachés, ils n'étaient jamais loin l'un de l'autre. L'intuition féminine certainement. La question posée servait à jauger le jeune homme qui répondit brièvement après deux secondes de réflexion.

« *Il n'y a pas d'ordre public possible sans justice sociale »*, Guido aurait bien ajouté autre chose, mais il estimait que pour l'heure cela était suffisant.

La discussion alla vers d'autres sujets et la soirée se poursuivit sereinement. À cause peut être du mobilier environnant on parla d'histoire et des particularités très peu connues d'un grand nombre des Français. Le père de Milena eut l'occasion de faire état de ses connaissances qui étaient plus que pointues tout en caressant sa moustache.

Après le souper Milena exprima le désir de faire une promenade pour faire connaître un peu la ville à Guido. Ils sortirent tous les deux mais leur promenade tourna court, à peine cinquante mètres, la chambre d'hôtel que Guido avait pris dans l'après-midi leur servit de nid d'amour. Deux heures plus tard Milena rentra seule à la maison, sa mère l'avait attendue :

« *Il est très bien ce jeune, tu choisis bien tes collaborateurs* », disait madame regardant sa fille d'un sourire complice comme pour lui signifier qu'elle avait tout compris.

« *Oui maman c'est vrai, il est très bien* ».

Le lendemain, la journée comme la précédente se passa à la permanence. Ils furent occupés toute l'après midi par les doléances multiples et variées. Guido y était très attentif.

Ils retrouvèrent Paris en fin de journée après l'habituel et ennuyeux voyage en train.

CHAPITRE 6

Le 2 décembre au matin, le lendemain de
" *l'acte III* ", la capitale donnait un spectacle
désolant, certaines avenues rassemblaient
parfois à un champ de ruines, de nombreuses
carcasses des voitures retournées et incendiées
dégageaient une forte odeur nauséabonde. Le
8ème arrondissement avait été l'un des
théâtres de la violence.

Des banques, des bars et autres
commerces avaient été éventrés, leurs vitrines
cassées et leur mobilier s'ajoutant au mobilier
urbain avait servi à édifier des barricades. La
veille à Paris 200 incendies avaient dû être
traités par les pompiers. Des pavés arrachés
avaient servi de projectiles aux manifestants
qui subissaient à leur tour la projection de
balles de défense de 40 millimètres " *LBD 40* "
lancées par les forces armées.

Des dégradations et des pillages avaient eu
lieu, l'arc de Triomphe avait été tagué et
saccagé. Certains Gilets Jaunes entourant la
tombe du soldat inconnu la protégeaient de
toute souillure. Au Puy-en-Velay un symbole de
l'État avait été visé, des manifestants en colère
avaient mis le feu à la préfecture. L'autorité de
police déclarait 372 interpellations et 133

blessés, dont un très grave. 10.000 grenades avaient été utilisées par les forces de l'ordre, 776 cartouches " *LBD 40* " et on avait fait reculer les manifestants en lançant 140.000 litres d'eau à l'aide des canons à eau.

« *Cela était inévitable, les gens sont sous tension, la colère devait se manifester d'une manière ou d'une autre. Il y a longtemps que l'État aurait dû réagir mais voilà il ne l'a pas fait, si le président ne réagit pas cela va continuer, je pense. Ça couvait depuis des années, cela devait arriver et c'est arrivé* », disait une femme au micro d'un journaliste.

Pour les commerçants de la capitale la situation était critique, l'État lui, démontrait chaque jour son cynisme, son arrogance, ne répondant pas aux légitimes revendications des manifestants et en laissant pourrir la situation il prenait le risque de transformer chaque manifestant en casseur potentiel face au mépris du pouvoir. La révolte spontanée à laquelle l'État était confronté l'obligeait depuis deux semaines à employer des moyens considérables pour réprimer la colère du peuple, jamais autant de forces armées n'ont été déployées en France.
Cette démonstration de force n'avait eu comme effet que de décupler la colère des manifestants qui supportaient depuis bien longtemps la politique et les maltraitances des gouvernants.
Le président, de retour d'Argentine, vint constater les dégâts, il s'inclina devant la

flamme du soldat inconnu, et découvrit les tags sur l'Arc de Triomphe. Il rencontra des commerçants et remercia les forces de l'ordre pour leur dévouement.

Guido et Milena se retrouvaient tous les soirs, le petit appartement de la place du Tertre était leur cocon, ils étaient tous les deux très inquiets pour la France. Une manifestation pacifique s'était tenue le matin même devant l'Assemblée nationale, des ambulanciers bloquaient la circulation protestant contre l'évolution de leurs conditions de travail.

Une trentaine de lycées connaissaient des perturbations en Île-de-France les forces de l'ordre avaient dû recourir aux lacrymogènes pour disperser les jeunes lycéens.

« *On dirait que tout fout le camp* », dit Guido mélancolique en regardant la télé.

« *C'est un mauvais moment à passer !* » lui répondit Milena.

« *Il faut que je te dise, je veux être honnête avec toi, pour que rien ne vienne troubler notre amour* ».

« *De quoi s'agit-il ? Dis-moi !* »

« *Je ne suis peut-être pas celui que tu penses* », reprit Guido d'une voix ferme et pleine de gravité.

« *Que veux-tu dire ? Parle ne me tiens pas en haleine* », dit Milena curieuse et inquiète.

« *Je suis un Gilet Jaune* », dit Guido le plus sérieux du monde.

« *Euh... Mais tu sais que tu es bon comédien ?* » dit Milena en riant amusée et continuant elle reprit :

« *La voix, l'intonation, le regard, tout y était, bravo cela pourrait être une voie de reconversion si un jour tu voulais changer de métier* ».

« *Mais je ne dis pas cela pour rire je t'assure* ».

« *Waouh... C'est parfait ! Bravo mon amour, attend, attend, comment on dit en italien ? Ah oui ! Bra vi ssi mo, oui c'est ça* ».

Guido comprit que le message ne passerait pas, ce n'était pas la peine d'insister à moins de vouloir alimenter une conversation qui n'aboutirait pas. Il dormit chez elle ce soir-là, dans ses bras, comme si de rien n'était.

Le lendemain il se réveilla de bonne heure, et après réflexion éveilla Milena avec douceur la couvrant de caresses et de baisers sur tout son corps jusqu'à ce qu'elle ouvre les yeux.

« *Bonjour mon amour, tu as bien dormi ?* »

« *Oui très bien... Très bien... C'est toujours très bien avec toi* ».

« *Maintenant lève-toi, je t'emmène quelque part, c'est une surprise* », Guido attentionné et souriant la tirait hors du lit.

« *Oh non... Je ne veux pas, je veux rester, je veux faire l'amour* ».

« *Plus tard chérie on le fera plus tard, allez viens on prendra le déjeuner sur place !* » Guido fut convaincant.

Un quart d'heure plus tard ils étaient en voiture, pour Milena vers l'inconnu ! Cela devait être une surprise et Guido chemin faisant ne révéla rien de ses intentions.

« *Mais dis-moi, où allons-nous ?* »

« *Peut-être tu ne me croiras pas, attend de voir et tu seras convaincue* », dit Guido

Vingt minutes plus tard il garait la voiture sur l'accotement, Milena le suivait confiante. Il fallait enjamber la glissière de sécurité et entrer dans une propriété privée, elle voyait des éclairages en forme de croix rouges et des flèches vertes qu'elle reconnut, le chemin étroit les conduisait en enjambant une autre glissière à une entrée et sortie d'autoroute.

« *Guido ! Je ne comprends pas, que fait-on ici dans cet endroit sinistre ?* »

« *Il faut se diriger vers la droite* », lui dit le jeune homme faisant en sorte que ce soit

Milena qui fraie le chemin.

Après quelques mètres elle aperçut une cabane en bois bricolée au mieux avec une toile bleue en guise de toiture maintenue par un grand filet. Une perche de quelques mètres de haut avec à son sommet le drapeau Français flottant au gré du vent était érigée. Sous le drapeau un cintre arborait un gilet jaune, et des individus eux aussi équipés de gilets jaunes se réchauffaient autour d'un brasero qui fumait à peine. Milena fut timorée et se retourna pour rejoindre Guido qui dans l'intervalle avait enfilé un gilet jaune qu'il tenait caché sous sa veste, elle sursauta et Guido la prit dans ses bras pour la rassurer.

« *Tout va bien, tout va bien, ce sont des amis, de bons amis, c'est le peuple* ».

« *Que me fais-tu là ? Emmène-moi loin d'ici ! Tu es ridicule avec ce chose sur le dos* ».

Milena d'un ton impérieux ne parlait pas, elle hurlait donnant des ordres, elle vitupérait, son indignation était apparente. Guido voyant l'état d'excitation dans lequel elle était ne dit plus rien, ils revinrent vers la voiture, elle ouvrit elle-même sa portière.

« *Dépêche-toi !* » dit-elle.

« *Mais laisse-moi t'expliqu...* ».

« *Je t'ai dit de te dépêcher* ».

La colère de Milena était évidente, elle frottait ses mains l'une sur l'autre comme pour les réchauffer, mais ce n'était pas le froid, c'était la colère. Guido roula en silence, comme un automate, la route semblait plus longue qu'à l'aller, la tension était palpable, à fleur de peau.

« *Arrête-moi ici !* »

Guido continua à rouler en cherchant un endroit où la réglementation lui permettait de s'arrêter.

« *ARRÊTE-MOI !!!* » cria-t-elle, et lorsque le véhicule fut arrêté :

« *Qui est-tu ? Que veux-tu de moi ? Qui t'envoie ?* » disait-elle hystérique.

« *Je ne comprends pas ta réaction, il n'y a rien de mal à ne pas être d'accord avec la politique du gouvernement, tu as ton camp, j'ai le mien, il est jaune. Cela n'empêche pas notre amour* », lui répondit calmement.

« *C'est peut-être facile pour toi, je ne peux pas vivre avec un homme à mes côtés qui veut détruire ce que je bâtis, qui ne partage pas ma vision et mon enthousiasme pour la France* », criait-elle.

« *Je suis un homme, et tu es une femme et nous nous aimons, c'est tout ce qui compte, plus rien n'a de l'importance* », Guido essayait de la raisonner, mais il se heurtait à l'hostilité.

« *C'est un amour impossible* », cria Milena ouvrant la portière.

« *C'est pourquoi ne cherche plus jamais à me revoir !* » reprit-elle après être descendue et refermant violemment la portière qu'elle claqua en signe de rage.

En vain Guido tenta de la retenir, elle courut, il la regarda ; Milena était déjà partie, elle était loin, déjà trop loin.

CHAPITRE 7

Après quatre semaines de protestation, les Français montrant qu'ils n'entendaient plus se laisser racketter par la classe dirigeante, le Premier ministre céda, annonçant la suspension pour six mois de la taxe sur les carburants tant décriée par les Gilets Jaunes. Le lendemain à l'Assemblée nationale pour les débats, quatorze questions sur quinze avaient pour sujet le mouvement des Gilets Jaunes. Le soir-même, le cinq décembre, le Premier ministre essuyait un camouflet, l'Élysée allait plus loin et annulait définitivement la hausse des taxes sur les carburants. C'était la première victoire des Gilets Jaunes.

Pendant un débat sur BRNtv Eric Drouet un des initiateurs du mouvement disait : " *Tous les gens veulent aller là-haut (à L'Élysée), c'est le symbole de ce gouvernement", " ... Rentrer dans l'Élysée pour être écoutés par le gouvernement* ". Sur les réseaux sociaux on pouvait lire :

"*Pour tous ceux qui sont motivés et si les choses ne bougent pas, le samedi 8 décembre nous irons tous le chercher comme il l'avait demandé. Il faut qu'il assume*". Il parlait là du président de la République Emmanuel Macron.

Les autorités redoutaient les Black Blocs, des groupes extrêmement violents qui allaient à Paris dans les manifs pour casser, détruire et s'en prendre aux symboles de l'État
Les forces de l'ordre qui devaient protéger l'Élysée, l'Assemblée nationale, le Senat et tous les ministères et organismes d'État furent renforcées. Paradoxalement il reçurent l'ordre de ne pas interpeller les Black Blocs, les dégâts causés en grands nombres allaient discréditer les Gilets Jaunes auprès de l'opinion publique.
Pour éviter les troubles, des mesures exceptionnelles avaient été mises en place pour tenter d'éviter l'arrivée des casseurs dans la capitale, la plupart des musées, la tour Eiffel et les commerces des Champs Élysées avaient été fermés. 89.000 policiers et gendarmes étaient déployés dans toute la France pour maintenir l'ordre. Des véhicules blindés devaient être aussi utilisés pour évacuer les manifestants et leurs barricades.
À Mante-la-Jolie, dans les Yvelines, les blocages des lycéens avaient provoqué 148 interpellations, ces jeunes avaient été forcé par l'armée de rester à genoux les mains sur la tête pendant plusieurs heures avant d'être enfin emmenés au commissariat. Les images des jeunes ainsi traités avaient scandalisé la France et l'Europe.
Milena cherchait à oublier ce qui s'était passé avec Guido, jamais elle n'aurait pensé qu'il pouvait être du camp des révoltés. Comment aurait-elle pu vivre avec quelqu'un

d'hostile au gouvernement pour lequel elle se battait dans une majorité que les Français avaient élue ? Néanmoins la pensée de Guido la perturbait, il lui manquait. Oui bon ! Elle avait surréagi en voyant sur lui un gilet jaune, ce signe de révolte. Parfois, surtout le soir, des larmes glissaient sur son visage en repensant aux moments passés ensemble. Oui elle se l'avouait, elle avait " *merdé* ", elle n'aurait pas dû réagir comme elle l'avait fait. Désormais elle s'en voulait, Guido lui manquait, il lui manquait énormément, dans leur dispute il était resté digne, lui ! Non, il n'avait pas crié, lui. Ah... Si elle aurait pu revenir en arrière elle n'aurait pas hésité un instant.

À Paris chacun se préparait et craignait le pire, le samedi allait être encore une fois émaillé de violences. Tous les magasins étaient barricadés, le mobilier urbain avait été supprimé la crainte se lisait sur les visages des Parisiens.

Le samedi 8 décembre, c'était " *l'acte IV* " dans toute la France 126.000 manifestants avaient été comptabilisés par le gouvernement criant leur mécontentement et réclamant de la justice sociale. Dans les défilés des banderoles hurlaient la colère des hommes.

« *Re-evolution* ».

« *Élus, vous rendrez des comptes* ».

« *Pacifistes mais pas débiles ! Les Français ne sont pas des vaches à lait* ».

« *Le cap c'est nous, Macron tu dérives* ».

« *Ne pouvant fortifier la justice, on a justifié la force* ».

« *Non à la dictature* ».

Le cortège descendant les Champs Élysées scandait ses slogans habituels :

« *Macron démission, Macron démission, Macron démission, Macron démission...* ».

Partout dans Paris une foule jaune battait le pavé, face à des " *robots* " noirs et bleus armés de boucliers et de matraques qui attendaient les ordres. La Marseillaise était souvent entonnée, des drapeaux tricolores étaient déployés. Des slogans chantés étaient aussi lancés :

« *Macron si tu savais tes taxes, tes taxes, Macron si tu savais tes taxes ce qu'on en fait, aucu... aucu... aucune hésitation c'est la... c'est la... c'est la révolution* ».

Mais Paris n'était pas la seule ville où l'on protestait, à Marseille, Toulouse, Bordeaux, Lyon il y avait des manifestations et dans chacune des villes il y avait des échauffourées avec les forces de l'ordre qui avaient procédé à 1723 interpellations et 1220 gardes à vue et il y avait eu 179 blessés.

Le Premier ministre annonca le soir-même que le président de la république allait s'adresser au pays le lundi suivant à 20 heures. Tout le monde pensait que des mesures de nature à apaiser les tensions allaient être prises, les politiques de tous bords attendaient qu'enfin cesse la révolte. De leur côté les Gilets Jaunes extrêmement sceptiques pensaient que rien de bon ne sortirait d'un président borné et obstiné se prenant pour " *Jupiter* ".

La lutte continuait donc alors qu'on attendait l'intervention du président. Les spéculations pendant deux jours allaient bon train.

Milena n'arrêtait pas de penser à Guido, elle regrettait l'attitude prise envers lui, les mots qu'elle avait utilisés, le ton employé, les cris. Elle souffrait en son cœur et se demandait :

« Était-ce si grave s'il était un Gilet Jaune ? Il n'avait pas la peste ! Ni la grippe espagnole ? Mais, que m'a-t-il pris ? » se demandait-elle désolée et triste pendant que deux larmes descendaient sur son visage.

Guido lui non plus n'avait pas oublié Milena, mais il souffrait, non, ce n'était pas à cause des mots qu'elle avait prononcés ni à cause de ses cris, il souffrait d'amour, Milena, il l'avait dans sa tête et désormais dans la peau, mais que faire ? Il fallait se résigner.

Dans le pays la lutte continuait pour les Gilets Jaunes l'intervention programmée du président n'avait aucune importance, la majorité des manifestants n'y croyait pas. Elle eut lieu à l'heure annoncée le 10 décembre et concrètement elle se traduisit par des mesures aux minima, bien loin de satisfaire quiconque. De plus paraît-il que ce serait un casse-tête chinois pour les mettre en œuvre.

La classe politique elle-même ainsi que les observateurs étaient désespérés de voir avec quel amateurisme le gouvernement traitait ce dossier des Gilets Jaunes depuis plus de quatre semaines. À L'Assemblée nationale Milena assistait au jeu politicien qui consistait pour les uns à rendre le gouvernement responsable de la situation et pour les autres à dire que tous ces problèmes étaient héréditaires mais qu'ils allaient y faire face.

Milena était à la maison lorsque son téléphone sonna, le producteur de BRNtv l'invitait encore une fois à participer à un débat télévisé.

« *Cela n'est pas possible ce soir, je suis occupée, peut-être une prochaine fois* », avait-elle répondu.

En fait, elle ne voulait pas y aller de peur de rencontrer Guido dans les studios, elle avait honte de ce qu'elle avait fait. Mais le cœur a ses raisons que la raison ne connaît point. Milena se disait qu'elle ne pouvait pas nier l'évidence, Guido était son homme, elle en était amoureuse, elle aurait tout fait pour le récupérer. Elle n'allait pas par orgueil noyer l'amour ? Il ressurgirait et il la tourmenterait toute sa vie, non il fallait qu'elle fasse quelque chose, quoi de mieux que d'aller le voir ?

« *Allô BRNtv ? Le producteur s'il vous plaît !* ».

« *Oui mademoiselle Desprez c'est moi-même, quelque chose ne va pas ?* » répondit l'homme de tout son calme.

« *Tout va bien merci, mais j'ai réfléchi, je veux bien participer à votre prochain débat* ».

« *Ce sera pour demain soir puisque ce soir vous êtes occupée, en ce moment on ne fait que des débats. Demain l'émission sera consacrée aux mesures annoncées par le président. C'est d'accord pour demain 21 heures ?* »

« *Oui, d'accord pour demain* », répondit Milena qui restait craintive mais s'était lancée avec courage.

Elle avait besoin d'être encouragée, qui pouvait le faire ? Martine bien sûr, elle l'appela l'informant qu'elle repassait à la télé le lendemain ; ensemble elles parlèrent des éventuels propos à mettre en avant pour que le sens des propositions du président soit perçu favorablement.

Il était 20 heures quand Milena le lendemain arriva au studio, elle espérait voir Guido au plus tôt, son cœur battait déjà la chamade, elle avait envie de le voir mais était dans la crainte, elle appréhendait sa réaction. Et puis, si entre-temps il avait rencontré une autre fille ? Si son cœur était déjà pris ? Si elle l'avait perdu à jamais ? Avec des " *si* " on peut refaire le monde, mais Milena n'était pas dans son assiette. Elle passa en salle de maquillage, elle ferma les yeux, pensive, laissant la professionnelle transformer son visage.

Elle rencontra les autres " acteurs " du débat, directeur d'agence au nom inconnu, journaliste de journal jamais lu, et d'autres gens responsables de quelque chose qui semblait être important mais qu'en réalité tout le monde ignorait. C'était incroyable le nombre d'organismes inutiles et méconnus de tous qu'il y avait en France.

L'heure du débat approchait, Milena était en conversation avec des techniciens, elle vit un Gilet Jaune sortir du salon de maquillage et saluer autour de lui.

" Tiens, celui-là il accepte de se laisser maquiller " pensa-t-elle.

C'était un homme beaucoup plus jeune que celui du premier débat auquel elle avait participé. Soudain elle le vit arriver, c'était Guido, toujours aussi beau, toujours désinvolte, toujours viril, toujours charmant. Son cœur qui déjà battait fort, redoubla de puissance. Guido s'approcha et :

« Mademoiselle ! Il faut vous équiper d'un micro, s'il vous plaît ! » lui disait très calme et très poli le technicien du son.

« Je m'occupe de tout, laissez-moi faire, ce ne sera pas long », dit-il reprenant son travail.

Milena était désarçonnée elle eut même peur en l'entendant la vouvoyer, c'était son Guido, son amour, son homme, qu'était-il devenu ? Comme un automate il avait employé les mêmes termes et les mêmes gestes que la première fois.

Guido accrocha un boîtier émetteur à la ceinture de la députée et le micro à la chemisette à hauteur du cœur. Pour fixer le microphone le technicien dut s'approcher très près de Milena qui sentit à nouveau son odeur, cette odeur qui l'avait rendue folle et qui encore aujourd'hui la faisait chavirer. Il ne restait plus qu'à brancher le jack du micro à l'émetteur, un petit essai et :

« *C'est bon ça marche, merci à vous, veuillez s'il vous plaît éteindre votre portable et bonne chance* », dit le technicien.

Milena avait les yeux enflés ; enflés par les larmes qu'elle ne voulait pas verser et qu'elle essuya avec un mouchoir. Elle ne tenait plus le coup, l'émotion était très forte, entendre son amour, l'homme de sa vie la vouvoyer lui parlant d'une voix neutre comme à une quiconque lui brisait le cœur. Mais après tout que prétendait-elle ? Qu'il allait lui parler ? Qu'il allait la supplier ? Qu'il allait s'humilier ? Mais il avait lui aussi sa fierté, c'était lui qui avait été blessé. C'est sur lui qu'elle avait crié.

Milena se posait la question :

" *M'aime-t-il encore ?* ".

CHAPITRE 8

21 heures arrivèrent et chaque personnage interprètes et commentateurs de l'actualité était à son poste sur le plateau. La journaliste comme d'habitude fit les présentations pour les téléspectateurs. La question de la journaliste fut directe pour chacun.

« *Les mesures annoncées par le président de la République sont-elles de nature à apaiser les tensions qui agitent le pays ?* »

Après plusieurs intervenants qui étaient plus ou moins d'accord entre eux ce fut le tour pour Milena de s'exprimer, mettant ses émotions ses sentiments et son chagrin d'amour de côté.

« *Elles répondent aux aspirations des Français qui demandaient du pouvoir d'achat. Ils verront déjà sur leurs fiches de paye le SMIG augmenter, et auront une importante prime d'activité qui viendra compléter le dispositif. La hausse de la CSG est annulée pour les retraités touchant par mois moins de 2.000 euros. Cela va concerner un bon nombre de citoyens et va améliorer leur quotidien.*

Les heures supplémentaires seront versées sans impôts ni charges donc défiscalisées, ce sera encore du pouvoir d'achat pour tous les Français.

Le gouvernement va demander aux entreprises de verser une prime de fin d'année, du moins pour celles qui le peuvent, c'est un effort considérable qui leur est demandé. Certains diront " il faut faire plus " je vous répondrai qu'on ne fait jamais ce qu'on veut, on fait toujours ce qu'on peut.

Ces mesures annoncées vont bien entendu coûter cher, mais le président entend la détresse et comprend la colère comme il l'a dit, ce serait le moment maintenant que les Français comprennent qu'il faut du temps pour changer la société et nous sommes au travail pour le faire, mais personne, je dis bien personne ne possède une baguette magique ».

Milena en son être intérieur était satisfaite de son intervention, c'était au tour du Gilet Jaune son contredicteur de prendre la parole.

« *Il faut dire déjà qu'il y a une cacophonie, au sein de l'exécutif, personne ne sait dire qui aura droit à cette fameuse prime qui après tout sera payée avec l'argent des contribuables, les gens veulent vivre de leur travail parce qu'ils bossent dur, c'est le travail qui doit payer et non l'assistanat.* Le patronat a déjà reçu les cadeaux de l'État, avec le CICE (crédit impôt compétitivité emploi) *les entreprises ont enrichi leurs actionnaires, demandez à Pierre Gattaz président du MEDEF ! (Mouvement entreprises de France). Les heures supplémentaires payées sans impôts ni charges sont une aberration parce qu'on prive de cotisations la sécurité Sociale qui au niveau des finances n'est pas en bonne posture. Vous créerez un jour un autre impôt pour financer la Sécurité Sociale.*

Remarquez que cela ne serait pas étonnant, vous pondez les taxes comme les poules pondent les œufs.

L'annulation de la hausse de la CSG (contribution sociale généralisée) n'est rien d'autre que revenir à ce que le président avait dit pendant sa campagne électorale.

Le président n'a pas parlé d'abolir les privilèges, de moraliser la vie politique, bien que ce fût dans son programme, il n'a pas parlé de justice fiscale, il n'a rien dit sur les sans domicile, sur les handicapés.

Les Gilets Jaunes l'attendaient sur le référendum populaire, il a complètement ignoré la question. La contestation va bien sûr continuer parce que c'est la seule possibilité qu'ait le peuple face à un président sourd ».

Après bien d'autres questions le débat arriva à son terme, chacun se levait et quittait le plateau. Pendant qu'elle saluait un peu tout le monde Milena cherchait du regard Guido, ce dernier s'approcha d'elle pour faire son travail.

« Je vais vous débarrasser du micro si vous le permettez », lui dit-il d'une voix froide, en réalité il aurait voulu la serrer dans ses bras, l'embrasser la caresser et la couvrir de baisers.

Pendant que Guido œuvrait Milena ferma les yeux, elle sentit encore son souffle sur elle. Meurtrie d'entendre qu'il lui parlait comme à une étrangère la vouvoyant et d'une voix détachée. Puis elle trouva le courage de lui adresser la parole :

« *Guid...* ».

« *Voilà maintenant c'est bon, vous pouvez enfin rallumer votre téléphone* », l'interrompit Guido, puis se retournant il s'éloigna.

Milena baissa les yeux, elle était fatiguée, vidée de ses forces humiliée et d'un pas nonchalant se dirigea vers l'ascenseur. Son téléphone sonna, c'était Martine, elle ne répondit pas, elle pleurait. Arrivée au rez-de-chaussée pour prendre un taxi elle sortit du bâtiment. Elle aurait voulu mourir ! Dans la confusion la plus totale elle s'appuya contre le mur du bâtiment et se laissa glisser jusqu'à s'asseoir par terre. Elle l'avait perdu pour toujours, son amour, son homme, sa vie.
C'est alors que Guido sortit lui aussi, s'arrêta devant la porte vitrée pour boutonner son blouson et remonter son col, la soirée était fraîche. Il ne se doutait pas que quelqu'un l'observait tapi dans l'obscurité. Il s'apprêtait à repartir quand soudain il entendit une voix qu'il reconnut, c'était la voix de son amour, une douce voix :

« *Vous pouvez me raccompagner chez moi ?* » dit-elle timidement.

« *Vous allez où ?* » répondit Guido qui regardant dans le sens d'où venait la voix la vit affaissée sur le sol à peine visible dans l'obscurité.

« *Montmartre je vais à Montmartre* », répondit-elle en sanglotant.

« *Ce n'est pas sur mon chemin... Prenez un taxi* ».

Il savait lui briser le cœur, lui faire du mal, oui, il savait qu'elle allait pleurer davantage, mais Guido était blessé dans son amour-propre, par ses propos il se vengeait un peu, mais il ne l'aurait pas laissée partir, il la voulait, il la désirait, c'était son amour, sa femme, sa vie.

« *S'il vous plaît !!* » dit-elle sanglotant encore plus fort.

Entendre ses sanglots lui déchirait le cœur, comprenant qu'elle n'aurait pu endurer davantage sa souffrance Guido s'approcha, lui tendit les deux mains qu'elle saisit aussitôt, tirée par ses deux bras forts elle se leva et allait pour dire quelque chose, mais Guido mit sa main devant sa bouche pour l'en empêcher. C'était lui qui allait parler :

« *Non... Ne dis rien... Ne dis rien, embrasse-moi* ».

Ce fut comme un ouragan qui se déchaîna,

implacable violent et féroce les emportant tous les deux, un ouragan auquel ils n'opposaient aucune résistance, heureux d'être transportés dans les tourbillons de l'amour. Quand leur soif de baisers se fut estompée ils partirent vers la petite place du Tertre qui était déserte et silencieuse, ils montèrent dans le petit appartement de Milena et là, ils déchaînèrent l'ultime feu d'artifice. Ils se retrouvèrent dans un amour intense, aussi fort et profond que l'éternité.

Le lendemain matin au réveil Milena voulut le surprendre, c'était pour lui montrer qu'elle avait compris, c'était pour se faire pardonner, même si désormais tout était oublié, le passé était effacé.

« *Mène-moi chez les Gilets Jaunes* », dit-elle d'une voix ferme et décidée.

« *Tu es sûre ?* »

« *Oui je le suis !* » elle voulait bien lui montrer qu'elle avait changé, qu'elle avait appris.

Vingt minutes de route, Guido gara la voiture sur l'accotement, connaissant le chemin Milena désormais passa devant, enjamba la glissière de sécurité et poursuivit disant :

« *Tu peux mettre ton gilet jaune* ».

« *Tu es sûre ?* » Guido jouait le jeu.

Milena ne répondit pas mais se retournant se jeta à son cou et l'embrassa avec fougue.
La cabane en bois recouverte de la bâche bleue était toujours là, le drapeau tricolore bien agrippé à sa perche et le gilet à son cintre aussi. Elle était sur un terrain privé en bordure d'un rond-point autour duquel circulaient les véhicules dont la majorité avait un gilet jaune sur le tableau de bord klaxonnant en signe d'adhésion ou de sympathie.

Plusieurs Gilets Jaunes, vieux et jeunes se réchauffaient autour d'un brasero, commentant l'événement de la tuerie de Strasbourg de l'avant-veille. Les débats allaient bon train, un homme armé d'un pistolet à plusieurs reprises avait ouvert le feu sur des passants blessant et donnant la mort. L'homme était en cavale et était recherché par la police et l'armée. Chacun avait sa théorie, pour l'un c'était un forcené, pour l'autre un bandit en cavale, pour un troisième un islamiste radical. À la vue des deux arrivants la discussion s'interrompit :

« *Salut à tous, je vous présente Milena* », dit Guido qui poursuivit lui présentant chacun de ses amis présents :

« *Lui c'est Stefano, le maître du feu, si on n'a pas froid c'est grâce à lui, puis il y a Michel le sage tatoué de partout, il paraît qu'il en a même sur les fesses ; lui c'est Eric le motard restaurateur ; après on a André le moustachu, dit le Gaulois ; Patricia et Daniel son mari, il n'arrête jamais de blaguer, Patricia qui a une jumelle Marie, Guy l'homme au grand sourire, puis il y a cette dame dont je ne retiens jamais le prénom Fleurette ou Violette ou Ginette ça finit en " ette " ça c'est certain ».*

« *Laurette je m'appelle Laurette* », dit la dame désappointée mais en souriant tout de même.

« *Puis les autres viendront au fur et à mesure* », finit par dire Guido.

À partir de ce moment tout le monde posait des questions pour savoir qui était Milena, les femmes surtout s'approchèrent. Elle se présenta comme étant une artiste peintre, cela correspondait pas mal à ses études et sa passion. Quelqu'un lui posa alors une question pour la jauger :

« *Que pensez-vous de la suppression de l'ISF (Impôt de Solidarité sur la Fortune) ?* » lui demanda André sous sa moustache gelée.

« *C'est une mesure qui était dans le programme, du candidat Macron, les Français l'ont élu, il est en droit et même se doit de l'appliquer ! Sinon la campagne électorale n'aurait servi à rien* », répondit Milena après avoir hésité un instant et essayant d'adopter un langage populaire.

« *C'est vrai, mais alors il y a tout le programme à mettre en œuvre ! Pourquoi il a commencé par supprimer cinq euros à chaque bénéficiaire de l'APL (allocation personnalisée logement) ? Mesure qui n'était pas dans son programme ! Il enlève aux pauvres pour donner aux riches, c'est ce que je vois »*, répliqua André un peu coléreux mais toujours courtois.

« Ah... Pour cinq euros ? C'est n'est rien cinq euros ! Mais cinq ici dix là-bas et quinze de l'autre côté ça commence à chiffrer, je les préfère dans ma poche plutôt que dans la sienne », dit Stefano qui était tout proche et qui écoutait ce qui se disait pendant qu'il alimentait le feu avec du bois de palettes.

Soudain un monsieur d'un certain âge portant un vieux manteau et un chapeau noir s'approcha, Milena entendit dire.

« Schut... Il arrive il arrive ! »

« Uuueeeiii », cria l'homme au chapeau.

« Saaaluuut », il continua à crier.

« Baaande de paauuuvres », conclu-t-il d'une voix rauque pendant que tous les présents souriaient.

Milena surprise et étonnée regarda Guido en lui demandant.

« C'est quoi ça ? »

« C'est mon ami Rocco, il braille comme ça tous les matins, puis il serre la main à tous les présents, un peu excentrique mais c'est un bon

gars, alors schut ! Laisson le rêver ».

Sur ces mots l'excentrique après avoir fait le tour des présents serra la main à Guido qui lui présenta Milena. Après l'avoir saluée l'homme au chapeau la regarda un peu de travers, il ferma un peu les yeux comme s'il faisait appel à sa mémoire pour se rappeler quelque chose puis il dit :

« Me permettez-vous mademoiselle, de vous dire que mon ami Guido est quelqu'un qui a beaucoup de goût et beaucoup de chance ».

Ils prirent tous les trois le café chaud s'écoulant d'un thermos fontaine, un peu plus tôt quelqu'un avait apporté des croissants avec des pains au chocolat qu'ils dégustèrent tout en se réchauffant autour du brasero échangeant des commentaires sur l'actualité du moment. La tuerie de Strasbourg, le discours du président qui avait fait un geste, et les fêtes de Noël qui approchaient faisaient dire aux hommes et femmes politiques qu'il fallait que les Gilets Jaunes suspendent la protestation.

« Rien du tout, s'ils veulent donner des congés à leurs sbires qu'ils le fassent, nous n'arrêterons pas. On proteste depuis un mois pour rien, pas question de s'arrêter, bien au contraire », dit Eric presque caché sous sa casquette.

« Les forces de l'ordre sont occupées à la recherche du meurtrier, donc ils peuvent

difficilement assurer l'ordre pendant les manifestations ! » répliqua Milena.

« *Enfin voyons ! Ils sont 720 flics à la recherche d'un seul homme, cela ne devrait pas être compliqué, 720 c'est énorme ! Sans compter que les polices allemande et suisse sont en alerte. Puis il a voulu être ministre de l'Intérieur le Castaner, et bien qu'il se débrouille ! Qu'il assume sa fonction, il est assez bien payé pour cela, pourquoi ne descend-il pas dans l'arène lui-même revêtu de casque et de bouclier ? Au lieu de se planquer sous le bureau dans son ministère place Beauvau !* » reprit Rocco de sa voix rauque et en gesticulant comme à son habitude.

« *Là il me semble qu'on divague un peu, ne croyez-vous pas ? Chacun son rôle, et notre rôle à nous c'est de réclamer de la justice sociale et une meilleure répartition des richesses produites par l'effort de ceux qui travaillent* », dit Guido sous le regard attentif de Milena qui le dévorait des yeux.

« *Il faudra aussi changer le système, on ne peut pas rester dans cette république telle qu'elle est actuellement, il n'y a pas de contrôles, pas d'évaluations. Les politiciens font un peu ce qu'ils veulent et nombreux sont ceux mêlés à des opérations louches, la suspicion est sur chacun. Alors que faire de la politique c'est avant tout une vocation, celle de servir la France, et non pas de se servir en piquant dans la caisse* », disait Michel le sage.

Milena regardait tout autour, la cabane très rudimentaire ne la rassurait guère. Des bouteilles d'eau, des thermos pleins de café du sucre des viennoiseries des gobelets en plastique étaient disponibles pour chacun, ils étaient sur une table entourée de bancs. Tout autour des banderoles, " on ne lâche pas " " tous ensemble " " Macron rend le pognon " " propriété privée chien méchant ". La visite aux Gilets Jaunes se termina ce jour-là pour Milena et Guido, le travail les attendait. Après avoir salué ils quittèrent les lieux, satisfaits, promettant de revenir.

Lorsqu'ils furent assez loin du groupe, Rocco l'excentrique leur demanda de l'attendre et les rejoint en courant. Puis s'adressant à Milena :

« Mademoiselle quelques mots en cachette du groupe, je pense que Guido sera d'accord avec moi. Je reconnais en vous la députée qui hier soir sur BRNtv défendait ses opinions. Il y a des gagas partout, si vous revenez ici, il serait bon de ne pas décliner votre profession au cas où on vous la demanderait, cela pourrait vous causer des ennuis, et serait déplaisant pour vous pour Guido et pour moi ».

« Mais... Je vous remercie pour votre sollicitude, on est bien entendus », lui répondit Milena.

CHAPITRE 9

Ce même jour à l'Assemblée nationale une motion de censure avait été déposée par un député de l'opposition. L'orateur exposait tous les arguments pour tous ceux qui en France survivaient, ceux qui souffraient, ceux qui se mouraient, il parlait de justice sociale. Face à cette partie de la population il citait ceux qui en un an avaient augmenté leurs revenus de 86.000 euros.

Il citait l'indifférence du gouvernement à l'égard des cris du peuple face à sa sensibilité naturelle à l'égard des plus riches. Maladroitement le Premier ministre répondit à ces attaques en revenant souvent sur les années où le pays était gouverné par d'autres. Niant donc sa responsabilité. Bien entendu la motion de censure fut rejetée par la majorité.

Dans un climat de révolte, certaines personnes allaient plus loin que ce que les Gilets Jaunes avaient proposé. Ainsi des murs avaient été construits devant des permanences d'élus hommes et femmes politiques en voulant signaler la méfiance et le désamour des citoyens. Certaines petites bandes organisées se lançaient dans des opérations de sabotage.

Des bureaux de poste et des zones

d'activités et commerciales étaient bloqués pour nuire au tissu économique de la France, la période des fêtes de fin d'année étant vitale pour les entreprises. Une grève générale aurait bien arrangé les choses, mais les syndicats étaient entièrement hors-jeu. Depuis un certain temps ils n'étaient pas audibles par les citoyens ils avaient perdu toute crédibilité.

Parmi la population, certains faisaient des provisions de denrées alimentaires par crainte que les rayons des magasins ne se retrouvent vides. À Strasbourg le tueur fut mis hors d'état de nuire. Le marché de Noël pouvait donc reprendre et tout le monde pouvait se réjouir que les 720 policiers lancés dans la chasse à l'homme aient pu appréhender l'assassin.

Guido et Milena désormais ensemble vivaient paisiblement, mais chacun restait sur ses positions, elle, députée de la majorité soutenait le président, lui, aspirait à une plus grande justice sociale et entendait bien l'obtenir grâce à la lutte avec les Gilets Jaunes.

« Comment veux-tu que l'on puisse baisser les taxes et en même temps développer les services publics ? L'un va avec l'autre ! » disait Milena.

« Ah bon ? Et tu n'as pas pensé un instant que l'on pourrait optimiser l'impôt en supprimant l'évasion fiscale ? Ce sont des milliards par dizaines qui échappent à l'impôt ».

Ils passaient des soirées entières à discuter ainsi, ils inventaient ensemble une société plus juste et plus humaine la société ou chacun pouvait s'épanouir et où chacun aurait sa chance, la même pour tous.

Un appel vint soudain interrompre leur amicale mésentente, Guido prit l'appareil, le nom de l'interlocuteur affiché sur le cadrant le surprit. C'était André qui l'appelait, le camarade de combat, pourtant ils étaient convenus de s'appeler seulement en cas d'urgente nécessité.

« Oui André, que se passe-t-il ? Il y a un problème ? » lui demanda Guido anxieux.

« En effet il y a un problème, viens au plus tôt qu'on en parle », répondit André d'une voix triste mais coléreuse en même temps.

Ne pas parler au téléphone de choses graves était la règle, Guido était inquiet et curieux de savoir. Milena surprise par son changement d'humeur le questionna.

« Je ne sais pas ce qui se passe, je le saurai demain, je te dirai aussitôt ».

« Pas la peine, je viens avec toi ! » Milena voulait savoir, elle voulait désormais s'impliquer dans la vie de son homme.

Le soleil laissait voir à peine sa première lueur, ils étaient déjà sur le départ, les routes commençaient à être encombrées de véhicules, la France qui se lève tôt pour aller travailler était en éveil comme d'habitude.

Les Gilets Jaunes du camp même si peu nombreux le matin, étaient là bien visibles du rond-point ils témoignaient par leur présence la résistance qu'ils opposaient au gouvernement à la vue des automobilistes qui roulaient dans le rond-point. Le brasero déjà allumé donnait du travail à Stefano qui découpait au fur et à mesure au couteau-scie des palettes en bois et alimentait le feu.

Le café fumant et bouillant comme il fallait car le froid était intense réchauffait les cœurs, et les tapes sur les épaules encourageaient les esprits. Les embrassades et les poignées de main furent chaleureuses. André ayant pris Guido par le bras l'éloigna un peu des autres pour lui parler seul à seul. Milena autour du brasero se réchauffait avec les autres Gilets Jaunes buvant le café qu'on lui avait servi et regardant Guido et André gesticuler, elle n'entendait rien de ce qu'ils se disaient. Guido enfonçait la main dans ses cheveux et se grattait la tête, comme cherchant une solution au problème qui lui était révélé. Il était évident que leur conversation était animée et le sujet grave.

« *De quoi parlent-ils ?* » demanda Milena à Michel qui était là se réchauffant devant le brasero comme les autres.

« *Oh... Je crois que Guido vous racontera tout en son temps* », lui dit Michel avec son calme habituel.

« *Mais vous le savez ?* » reprit Milena

« *Bien sûr !* » répondit Michel fermant les yeux voulant dire qu'il était inutile d'insister.

« *Qui est le chef ici ?* » reprit Milena.

« *Ce n'est pas ce qui manque, Daniel est le chef, mais Eric aussi, et Patricia, et Guillaume, et Guido, et André, même moi je suis chef, sans oublier Stefano et Jean-Pierre, etc.* »

« *Mmm... Je comprends... Et moi ?* »

« *Vous ? Vous serez chef lorsque vous mettrez votre gilet jaune* », répondit Michel en rigolant.

Guido et André revinrent près du brasero, pour se réchauffer un moment, la discussion portait désormais sur le débat national que le président avait annoncé, fallait-il y participer ?

« *On nous demande notre avis sur leur politique désastreuse, on nous donne l'occasion de leur dire, faisons-le* », disait Eric.

« *D'après moi le président veut ce débat uniquement pour gagner du temps en pensant que la contestation dans le pays s'affaiblira par l'usure. En fait il n'a rien à faire de ce que l'on pense, il se croit beaucoup plus intelligent que les autres et il a déjà décrété qu'il ne changerait pas de cap* », dit Daniel.

« *Moi je pense qu'il faut continuer la lutte*

sans tenir compte de ce qu'il dit ou de ce qu'il fait, mais je voudrais bien savoir ce qu'en pense cette demoiselle ».

André donnait ainsi la parole à Milena qui ne s'attendait pas à devoir intervenir.

« Dans notre cinquième république, il y a des représentants du peuple démocratiquement élus, leur rôle est celui de contrôler l'action du gouvernement et faire des propositions de loi. Actuellement une partie du peuple ne se sent pas bien représentée, c'est pour cela qu'elle proteste. Le président fait la démarche de demander directement toutes les doléances au peuple, si les Gilets Jaunes ne participent pas au débat ce sera l'avis du reste de la population qui prévaudra lorsque le président fera le bilan de ces doléances. Il faut donc participer, je dirai que c'est indispensable ».

« Oui bon, peut-être ou peut-être pas », disait Guillaume pendant qu'il roulait sa cigarette qu'il fabriquait à la main.

Quelqu'un cria de façon soudaine :

« Heiiii, il y a les flics qui arrivent ! »

Tout le monde accourut tout près du rond-point, au passage de la voiture de police ils simulèrent une ola pour saluer les représentants de l'ordre.

« Bon je crois que maintenant il faut qu'on

y aille. Allez les amis on se verra demain matin », dit Guido faisant un signe à André et prenant Milena sous son bras.

Ils s'acheminaient vers la voiture, Guido sentait Milena anxieuse, elle n'attendit pas d'être dans la voiture pour demander ce qu'André avait bien pu lui dire. Il commençait à rouler, puis étant assez loin du camp il arrêta la voiture se serrant bien sur l'accotement.

« *Nous avons un grave problème, selon des renseignements, il semblerait que l'État ait sollicité des mercenaires venant des pays de l'Est pour accroître le nombre des forces qui assurent l'ordre lors des manifestations, ils seraient camouflés en gendarmes et auraient l'ordre de faire parmi les Gilets Jaunes manifestants le plus de dégâts physiques possibles* », lui dit Guido d'un air le plus sérieux du monde.

« *Non mais ce n'est pas possible voyons, ce n'est pas sérieux, il te raconte n'importe quoi* ».

« *C'est possible, mais ce n'est que le renseignement reçu, on ne peut pas le prendre à la légère, il faudrait chercher à confirmer ou infirmer l'info* ».

Ils restèrent en silence tous les deux, ils cogitaient pour trouver la marche à suivre.

« *Tu pourrais peut-être demander au ministère de l'Intérieur !* », se hasarda Guido.

« *Mais oui bien sûr ! Et puis quoi d'autre ? Je me pointe devant le ministre et je lui pose la question ? Personne ne me dira quoi que se soit. Il faut trouver autre chose* ».

« *Tu as raison, en plus on a un autre problème, bien plus grave à régler* », Guido hésitait à en parler.

« *Quoi, qu'y a-t-il d'autre* ».

« *Dans la protestation il y en a toujours qui vont très loin, trop loin même, ils font des choses folles sans en mesurer l'étendue des conséquences. Il semblerait qu'un convoi d'armes en provenance des Balkans se prépare à entrer en France à destination de certains qui veulent en découdre, des extrémistes* ».

« *Quoi ? Mais ils sont fous ! Ça va être la guerre civile. Ce convoi Il faut l'intercepter impérativement, c'est une question de sécurité nationale* », dit Milena.

« *Ce n'est pas évident d'en savoir davantage, vrai ou pas ! Difficile de le dire. Enfin j'espère que les services secrets sont déjà informé et que les contrôles aux douanes ont été renforcés* ».

Ils reprirent la route inquiets. Guido se dirigea vers BRNtv, Milena prit un taxi pour rejoindre l'Assemblée nationale.

CHAPITRE 10

Le soir venu, oubliant les soucis journaliers et ne pensant qu'au moment présent, ils passèrent une nuit d'amour effréné. Guido se leva de bon matin. C'était le 15 décembre et après un passage dans la salle de bain il se préparait à partir en silence, il ne voulait pas réveiller Milena. Son ange dormait si bien ! Il ne fallait surtout pas l'éveiller, il lui avait laissé sur la commode un mot écrit de sa main.

Elle se réveilla mais garda les yeux fermés, allongeant son bras droit pour le toucher elle ne le trouva pas, le drap était froid. Elle se redressa d'un coup l'appelant :

« *Guido ! Guido tu es là ??* ».

C'est en se levant qu'elle découvrit le message sur la commode.

" *Lorsque tu seras réveillée appelle-moi pour se dire bonjour, je vais à la manif, je t'aime, bisou.* "

« *Oh non ce n'est pas vrai, il est parti sans moi !* » Milena voulait justement le suivre.

Deux raisons à cela, elle voulait être avec son homme, s'impliquer dans sa vie, la vivre. Puis elle voulait connaître le phénomène sentir une manifestation de l'intérieur, se rendre compte directement de l'impact, être dans la foule crier avec les autres pour plus de justice. Il faudra maintenant le chercher dans une marée humaine. Une fois installée dans le taxi elle l'appela :

« *Bonjour mon amour, as-tu bien dormi ?* » répondit Guido qui savait qu'elle ne serait pas contente.

« *Oui bonjour, je voulais venir avec toi, pourquoi tu ne m'as pas réveillée ?* »

« *Tu dormais si profondément que je n'ai pas osé interrompre tes rêves mon ange* ».

« *Et je devrais avaler ça ? Où es-tu* ».

« *Mais c'est vrai je t'assure, tu dormais profondément... D'accord je suis sur les Champs, je viens te chercher ?* »

« *Non merci, je suis en taxi je viens à ta rencontre tu vas m'entendre* », le taquinait-elle.

La circulation étant interdite sur les Champs Élysées le taxi laissa Milena terminer à pied les derniers cent mètres de son trajet. Avant d'entrer dans le périmètre à risque, elle dut se soumettre à un contrôle effectué par les forces de l'ordre.

« *Ouvrez votre sac* », lui dit le gendarme qui ayant aussitôt regardé dedans reprit :

« *C'est quoi ça ?* »

« *Ben voyons c'est un parapluie pliant, le ciel est menaçant* », dit Milena surprise.

« *Vous ne passez pas avec ça* ».

« *Comment " vous ne passez pas ", mais que voulez-vous dire ?* » elle était dépitée

« *C'est une arme par destination, elle n'est pas admise* », disait le gendarme se montrant intransigeant.

« *Mais j'ai un laissez-passer pour ça* », reprit Milena qui s'était rappelée avoir sur elle son titre de députée.

Elle sortit sa carte de l'Assemblée nationale de son sac, le gendarme la salua se mettant au garde-à-vous et la laissa aller avec son parapluie.

« *Allô Guido, je suis sur la rue du Berry, je me dirige vers les Champs* ».

« *Je viens te chercher attends-moi à l'angle, j'arrive* », répondit Guido rebroussant chemin.

La mobilisation n'avait toutefois pas fait le

" *plein* ". Sur les Champs ce n'était pas la foule, seules quelques centaines de Gilets Jaunes criaient leur colère, d'autres se tenaient dans les quartiers voisins, des drapeaux Français et des banderoles flottaient dans l'air.

Dans tout Paris 8.000 policiers et gendarmes étaient déployés. La capitale subissant chaque samedi des spectacles de désordre. Des Parisiens lassés se mêlaient aux manifestants pour les critiquer. Les discussions toutefois n'étaient pas toujours courtoises. Guido et Milena s'embrassèrent longuement dans la foule éparse, puis la regardant dans les yeux Guido lui dit.

« *Je ne crois pas que tu sois à ta place dans cette manifestation* ».

« *Pourquoi ? Moi aussi je veux plus de justice sociale, sur ces points on se rejoint. Mais tu es seul ? Tes amis du camp ne sont pas là ? André, Stefano, Michel et les autres !* » demanda Milena.

« *Ouiiiii, bien sur, ils sont devant, j'ai dû les quitter pour venir te chercher, on les retrouvera* ».

Sur leur chemin était dressé un barrage de gendarmes, le groupe de Gilets Jaunes forçait le passage et la lutte était engagée, mais ils avaient été assez rapidement dispersés par les forces de l'ordre qui faisaient usage de l'arsenal de répression. Beaucoup se dirigeaient alors vers l'Opéra où déjà d'autres manifestants étaient rassemblés, Milena et Guido suivaient tous ces Gilets Jaunes qui criaient leurs colère.

« *Le roi Macron donne des miettes aux gueux* », pouvait-on lire sur une banderole.

Les manifestants unis entonnaient la Marseillaise, les revendications portées par les Gilets Jaunes étaient rappelées.

« *Nous, " Gilets Jaunes ", exigeons une baisse sérieuse de toutes les taxes et impôts sur les produits de première nécessité* », était l'une d'entre elles.

La police à cheval intervint et les forces de l'ordre en nombre tentèrent de disperser les manifestants utilisant des lacrymogènes et des tirs de balles de défense LBD 40 (Flash-ball) un homme fut jeté au sol et interpellé. Le portable de Milena sonna, c'était Martine, encore elle, sa collègue avait le don de la surprendre quand elle s'y attendait le moins.

« *Oui... Oui Martine ? Bonjour tout va bien ? Je t'écoute* », Milena était obligée de crier à cause du vacarme environnant.

« *Oui merci et toi ? Mais c'est quoi tout ce boucan que j'entends, où es-tu ?* »

« *Je suis à Paris, à la manif* ».

« *À... À la manif ? À la manif ? Parmi les enragés ? Mais tu es folle ? Sort toi de là immédiatement !* » Martine était horrifiée.

« *Ils ne sont pas si enragés que ça, mais je t'expliquerai, pour l'instant je dois te quitter, salut* ».

La foule se déplaçait à nouveau en direction des Champs Élysées, des nombreuses pancartes fleurissaient, trois lettres étaient écrites dessus," RIC " (Referendum Initiative Citoyenne). Guido serra la main de Milena lui disant.

« *Viens rejoignons-les ils sont là* ».

« *Mais qui est là, de qui parles-tu ?* » répondit Milena ne saisissant pas.

« *De mes amis, je crois avoir vu Rocco avec son chapeau, Eric et André* ».

Ils se pressèrent pour les rejoindre, il y avait aussi Daniel et sa femme, Patricia et Stefano, dans la confusion ils avaient perdu Michel et son fils. Rocco s'approchant de Guido lui dit :

« *Que fait elle ici ta copine ? Celui-ci n'est pas son combat, il ne faudrait pas qu'elle soit blessée* ».

« *Et bien figure-toi que je ne l'ai pas invitée, mais elle est assez opiniâtre* », lui répondit Guido.

« *Oh... Les gars restons groupés, les filles aussi, ne nous dispersons pas* », dit Stefano en meneur.

« *Allons, allons bande de pauvres !* », aimait dire Rocco pour donner du courage.

Ils arrivèrent tous place de la Madeleine, et ils abordèrent par la rue Royale la place de la Concorde, ils étaient plusieurs centaines qui criaient des slogans hostiles au gouvernement. Sur les Champs Élysées les forces de l'ordre projetaient des gaz lacrymogènes dans le but de disperser les manifestants. Milena vit un homme étrange parmi les gendarmes, vêtu de noir, il portait un casque blanc, un foulard bleu et blanc qui lui cachait le visage et une matraque télescopique.

Milena s'étant approché de lui l'interpella, mais l'homme se retournant brusquement la poussa violemment. Elle pensait peut-être que c'était un homme faisant partie de la milice étrangère que le gouvernement avait peut-être recrutée. Il fallait absolument en savoir plus, alors qu'elle s'approchait à nouveau de lui, l'étrange individu pulvérisa ses yeux avec une bombe lacrymogène.

« *Enfoiré !* » dit Milena en s'éloignant.

Ce n'était pourtant pas un langage qu'elle utilisait d'ordinaire. Guido la voyant ainsi l'amena de côté, loin du tumulte. Une infirmière Gilet Jaune présente lui nettoya les yeux avec une solution adaptée. Avec de l'eau Milena enleva toute trace de son visage du produit lacrymogène. Rocco s'étant approché lui dit :

« *Les interventions solitaires sont toutes vouées à l'échec, il faut agir en groupe, Milena, restez près de votre homme* ».

La marche continuait, le tumulte aussi, des grenades étaient lancées par les gendarmes, des Gilets Jaunes visages couverts pour se protéger des gaz donnaient des coups de pied renvoyant ces engins vers leurs expéditeurs. Sur le sol toute sorte de détritus, parmi lesquels des pavés de rue descellés ayant servi de projectiles pour repousser les forces armées.

Ces dernières pour accentuer la pression, lançaient du ciel depuis des hélicoptères des bombes fumigènes qu'on voyait fuser en fumant et après une trajectoire parabolique s'écraser au sol semant le trouble parmi les manifestants. C'est alors que pendant que ces derniers regardaient vers le ciel pour essayer d'éviter ces tirs, Guido s'aperçut qu'à une quinzaine de mètres un gendarme armé de LBD 40 visait pour tirer dans leur direction, en criant il tenta d'avertir tout le monde :

« *Attention il tire sur nous...* », tout en disant ces mots il entoura Milena de ses bras se positionnant devant elle pour lui servir de bouclier.

Guido s'affaissa lentement au sol, il venait d'être touché, la balle de 40 millimètres à une vitesse de 350 km heure l'avait percuté dans le dos près de l'épaule gauche, il avait un mal de chien. Milena se baissa pour tenir la tête du jeune homme contre sa poitrine. Pendant que les amis Eric, Stefano, Rocco, André et les autres accouraient, un groupe de gendarmes se mit à les matraquer de telle sorte qu'ils ne purent secourir Guido. Ce dernier ainsi que Milena virent leurs poignets serrés par des menottes et soulevés de terre ils furent emmenés vers un véhicule de gendarmerie. Deux autres jeunes étaient à l'intérieur, l'un d'entre eux avait une épaule déboîtée, et criait de douleur, mais personne ne s'en inquiétait.

« *Ferme ta gueule si tu ne veux pas qu'on te déboîte l'autre, compris ? Ta gueule* », dit un gendarme ayant soulevé la visière du casque.

Hors du fourgon André, Stefano et tous les autres essayaient de s'approcher mais ils étaient tenus à distance à coups de matraques. Guido et Milena furent aussitôt emmenés vers un commissariat, le procès-verbal leur reprocha la participation à visage couvert à un rassemblement non déclaré auprès de la préfecture. En réalité ils n'étaient pas à visage couvert, mais la vérité peut être arrangée avec un mensonge, c'est bien connu dans les milieux policiers. Leur fouille effectuée, il était évident pour tous que rien ne motivait la " *rétention de personnes* ".

« *Mademoiselle si ça ne tenait qu'à nous on vous laisserait sortir tout de suite* », leur dit l'un des sbires.

Ils passèrent la nuit avec quatre autres Gilets Jaunes dans une cellule à l'odeur nauséabonde d'urine et de matières fécales qui empestaient jusque dans le couloir. En passant dans le corridor distribuant les cellules, des policiers s'arrêtaient leur disants :

« *Ne lâchez rien les gars allez jusqu'au bout, on est avec vous* ».

Difficile de savoir s'ils étaient sincères ou s'ils se moquaient d'eux. Milena caressait Guido qui avait toujours mal à l'épaule devenue toute bleue, puis le caressant toujours elle lui dit :

« *Merci mon amour sans toi... Je n'ose pas penser à ce qui aurait pu se passer*», ses larmes exprimaient sa reconnaissance.

Elle réalisait que son visage était bien à la hauteur de l'épaule de Guido au moment du tir. (*Cela aurait été dommage qu'un si beau visage d'ange soit défiguré*). Milena ne pouvait s'empêcher de penser à tous ceux qui justement à cause d'un tir de LBD 40 avaient leur vie meurtrie à jamais. En cellule on ne dort pas, on ne fait que s'assoupir, constamment dérangé par le bruit, le froid, l'inconfort.

Le lendemain, l'avocat qui vint à leur secours fut performant, mais pas assez pour qu'ils soient libérés. Guido et Milena subirent un prélèvement d'empreintes de tous les doigts et des photos de face, de profil, de trois quarts et de plain-pied.

En consultant sur l'ordinateur les fichiers, le policier fit une découverte pour lui inquiétante, il se mit à chercher d'autres renseignements et trois minutes plus tard prenant le sac de Milena il le fouilla avec plus de minutie que la veille. Il trouva ce qu'il cherchait, sa carte de députée délivrée par L'Assemblée nationale. S'étant absenté deux minutes pour consulter son chef il revint avec le sourire penaud aux lèvres.

« *Bon... Mademoiselle, vous pouvez y aller, votre dossier est classé sans suite, aucune charge n'est retenue contre vous* », lui dit le policier gêné.

Milena comprenant rapidement le manège se leva, s'approcha du policier et :

« *Et pour lui ?* » dit-elle indiquant Guido.

« *Lui on le garde* », répondit le policier.

« *OK... Écoutez on était ensemble et ce que vous nous reprochez on l'a fait ensemble, si aucune charge n'est retenue contre moi, aucune ne peut être retenue contre lui, ou peut-être la loi n'est pas égale pour tous ! Vous le libérez, ou je reste ici en protestation*»

Milena se rassit à côté de Guido, le policier était embarrassé, il s'absenta de nouveau pour aller chercher son supérieur.

« *Pourquoi tu fais cela, ce n'est pas*

raisonnable, rentre chez toi », lui dit Guido qui malgré ses propos appréciait ce qu'elle faisait.

« *Je ne vais pas te laisser ici ! Pas question ! On est ensemble tous les deux* ».

Ce fut le commandant du commissariat qui se déplaça pour leur dire :

« *Vous pouvez partir tous les deux* ».

« *Merci capitaine, pendant que je vous tiens dites-moi, j'ai vu un homme portant un casque blanc et au bras un brassard de police avec une matraque télescopique, pouvez-vous me dire à quel corps de police appartient-il ? S'il vous plaît !* » Milena avait changé d'attitude, elle parlait désormais en députée.

Après réflexion le capitaine ne sut lui répondre, en fait dans le commissariat personne ne savait. Milena et Guido rentrèrent à la maison place du Tertre où une douche bienfaisante les soulagea, Milena soigna l'épaule de Guido son héros du jour. C'était " *l'acte V* ", dans toute la France ce samedi 15 décembre 66.500 manifestants furent comptés par les autorités, bien moins que le samedi précédent tout de même. Cela faisait dire aux commentateurs des chaînes télévisées et aux hommes politiques que le mouvement était sur le point de s'éteindre. Pour le ministre de l'Intérieur il était temps de libérer les ronds-points. Les Gilets Jaunes n'y croyaient pas du tout.

CHAPITRE 11

Dès le lundi 17 décembre Milena n'avait qu'une envie, retrouver le camp des Gilets Jaunes pour s'entretenir avec ceux qu'elle considérait désormais comme " *des amis* ".

L'Assemblée nationale ? Tant pis pour elle, de toute façon pour ce jour-là le programme était la lecture du PLF (projet loi finances) 2019, ennuyeux à n'en plus finir et loin d'être la tasse de thé de Milena. Son absence passerait presque inaperçue, d'ailleurs seule une cinquantaine de députés sur 577 serait présente sur les bancs de L'Assemblée.

Certes, Martine remarquerait son absence bien entendu. Elle qui déjà laissait des messages sur son portable ainsi que ses parents et d'autres personnes plus ou moins chères à son cœur.

« *Viens Guido, allons voir nos amis en jaunes, ils doivent être inquiets pour nous* », lui dit-elle avec son sourire éclatant.

Guido la regardait, il était fier d'elle, avec son visage d'ange, son tempérament de feu et sa rage de vaincre. Il l'avait déjà idéalisée comme la femme de sa vie, maintenant il la voyait comme la future mère de ses enfants.

« *Oui Milena allons retrouver nos amis* », lui répondit-il calmement.

Arrivés au camp, les habitués étaient là, ils vinrent tous à leur rencontre, heureux de les revoir et posant un tas de questions. Autour du brasero ils racontèrent leur interpellation, les empreintes la fouille, les photos, l'odeur nauséabonde, l'avocat, etc.

« *... ou peut-être la loi n'est pas égale pour tous ! Vous le libérez, ou je reste ici en protestation* » racontait Guido citant Milena pendant qu'elle était applaudie par tous.

« *Vous avez de la chance que cela se soit bien terminé, Guido vous a sauvé du LBD 40, regardez ce que cela peut engendrer* », lui dit André.

À ces paroles il lui passa sa tablette, Milena visualisa pendant vingt minutes d'innombrables petites vidéos ou de véritables agressions policières faisaient des blessés, dont certains très graves. Des tirs qui visiblement ne visaient pas le bas du corps comme le voulait la réglementation, mais avaient pour l'objectif de mutiler les visages causant parfois la perte d'un œil. Elle vit des personnes seules qui avaient visiblement le tort de porter un gilet jaune être matraquées par plusieurs gendarmes.

Les armes de défense des gendarmes avaient été détournées de leur objectif initial pour devenir de véritables armes d'oppression et de violence envers des citoyens.

« *J'ai vu des scènes similaires pendant la manifestation, mais pas horribles à ce point* », dit Milena consternée.

« *Bien sûr on ne vous fait pas voir ces choses à la télévision, les journaux télévisés prêchent pour le gouvernement trahissant par là-même le métier de journalisme. Qui manipule l'information manipule l'opinion, qui manipule la justice crée de l'injustice !* » lui dit encore André.

Tout avait été dit sur l'arrestation de nos deux amoureux ; la discussion portait à présent sur la polémique suscitée par une chaîne de télévision nationale diffusant la photo d'un groupe de manifestants Gilets Jaunes au sein duquel un homme tenait une grande pancarte sur laquelle on pouvait lire " Macron ", la photo avait simplement été retouchée, la pancarte originale disait en grandes lettres " Macron DÉGAGE ". L'auteur de la pancarte retouchée avait saisi l'organisme du CSA (Conseil Supérieur de l'Audiovisuel) pour dénoncer la censure pratiquée par la chaîne et exiger la rediffusion de la vraie photo et des excuses.

« *Mais vous vous rendez compte jusqu'où ils vont ? Ce qui prouve que les télés sont entièrement aux ordres du pouvoir en place, c'est scandaleux* », s'exclama Dany dépité.

« *Et nous comme des " cons " qu'on regarde. C'est pour ça que l'on paye la redevance ? Il faut arrêter ! Il faut arrêter, c'est une honte !* » reprit Serge appelé " *la fouine* ".

« *Il paraît que la journaliste s'est exc...* », dit quelqu'un d'autre subitement interrompu :

« *Oh... Les gars, vous savez que les flics veulent se mettre en grève ? Il paraît qu'ils manquent sérieusement de moyens et qu'ils sont fatigués de nous taper dessus* », dit Eric.

« *Voilà des veinards qu'au point où nous en sommes ils peuvent tout demander au gouvernement, et ils l'obtiendront grâce à nous Gilets Jaunes qui sommes dans la rue à manifester* », répondit Rocco.

« *C'est dégueulasse* », reprenait Serge (la fouine) toujours dégoûté par toute institution.

Soudain une fourgonnette dans le rond-point klaxonna en s'arrêtant, pendant que Michel s'approchait pour en savoir la raison, le conducteur descendit et ouvrant l'arriéré du véhicule en sortit deux boîtes à gâteaux. À l'intérieur deux galettes des rois à peine sorties du four. Cela arrivait souvent que des citoyens montrent leur soutien envers les Gilets Jaunes par ces gestes de générosité.

Guido et Milena restèrent une bonne heure avec eux, une heure de réconfort et de rigolade, chacun faisant de son mieux pour soutenir le moral des autres, puis ils partirent vers leurs occupations de tous les jours. Arrivant à l'Assemblée nationale Milena savait très bien qu'elle allait subir un interrogatoire en règle. Martine voulait tout savoir c'était chez elle une deuxième nature, mais contrairement à la majorité des personnes elle ne se contentait pas d'une simple information, non, c'était les détails qui l'intéressaient même les choses les plus insignifiantes.

Milena dut lui parler du débat télévisé, de la rencontre avec Guido, du camp des Gilets Jaunes, de la manifestation et de son arrestation. Les questions fusaient, puis quand toutes ces questions eurent une réponse Martine lui dit :

« Il faut que tu me le présentes un jour ! S'il est si formidable ton Guido ».

« Il l'est, mais tout pour moi », répondit Milena.

Rien de vraiment intéressant ce jour-là, l'Assemblée nationale était encore plongée dans le projet de finances 2019. Milena suivait sans suivre, son esprit était troublé, pris par les vidéos visionnées le matin. Il était inconcevable pour elle que l'on puisse réprimer de telle sorte les manifestants. Dans l'après-midi ayant mieux à faire elle déserta l'Assemblée et se dirigea vers BRNtv. Demandant à parler avec le producteur, elle fut très gentiment accueillie dans son bureau.

« Que puis-je pour vous mademoiselle

Desprez ! » dit le producteur avec une infinie bienveillance.

« *J'ai eu l'occasion de visionner des vidéos que je ne vois jamais passer sur votre chaîne, des images horribles de matraquage envers des manifestants, des tirs de LBD 40 qui ébranlent à jamais la vie de nos concitoyens. Pourquoi ne diffusez-vous pas ces vidéos dans vos reportages ? »*

Le producteur fut étonné de la démarche de Milena, jamais il n'aurait cru qu'une députée de la " *République en Marche* " puisse tenir de tels propos, contradictoires avec les idées de ses alliés de la majorité. Son ton si courtois du début changea considérablement :

« *Mademoiselle Milena Desprez... Vous n'auriez pas dû venir me voir, le chef de groupe des députés de votre parti (la République En Marche) à l'Assemblée nationale vous aurait sans doute expliqué cela beaucoup mieux que moi* ».

« *C'est fort possible, mais c'est à vous que je pose la question, pouvez-vous me répondre s'il vous plait* », la tension était palpable, et Milena imperturbable.

« *Je vais vous demander de quitter mon bureau, sur-le-champ, j'ai bien d'autres choses à faire qu'écouter les sornettes d'une petite députée novice en politique qui veut changer le monde* », répondit le producteur d'un air suffisant en secouant la tête.

Se dirigeant vers l'ascenseur pour gagner la sortie Milena aperçut Guido en plein travail, celui-ci étonné de la voir dans les studios vint à sa rencontre mais Milena tint ses distances.

« *Ne t'approche pas de moi, je t'expliquerai plus tard* », dit-elle à voix basse tout en poursuivant son chemin.

" *Oh non... Mince ! Cela ne va pas recommencer ?* " pensa Guido passant une main dans ses cheveux en grattant sa tête.

Le soir venu ils avaient envie de se retrouver dans leur petit appartement tous les deux, une explication s'imposait. Guido avait du mal à comprendre l'attitude de Milena.

« *Travaillant chez BRNtv tu risques d'avoir des ennuis si tes supérieurs savent que nous sommes ensemble. J'ai t'ai tenu éloigné de moi pour te protéger, ton patron est un vrai salopard* ».

« *Je sais ! Que s'est-il passé ? Éclaire-moi davantage* ».

Milena lui dit tout sur les vidéos, sur l'horreur qu'elles produisaient dans son esprit, elle lui raconta son entretien avec le producteur, les mots qu'il avait employés à son égard, le dégoût qu'ils suscitaient en elle. Et le fait qu'elle voulait lui apporter une réponse.

« *Tu ne savais pas que les télés sont toutes vendues au pouvoir ? Dirigées par des millionnaires voire même milliardaires qui n'ont aucun intérêt à ce que s'effectue une répartition équitable des richesses !* »

« *Cela je peux le comprendre, mais que des journalistes qui devraient avoir le sens d'une information vraie, juste, et sans détours en soient réduits à vendre leur âme au diable... Non cela je ne le comprends pas* », Milena était extrêmement déçue, et elle poursuivit.

« *Mais dis-moi comment fais-tu pour travailler dans un milieu aussi corrompu ?* »

« *Heureusement je ne traite pas l'information, la ligne éditoriale n'est pas dans mes compétences, pourvu que les micros fonctionnent et que le son soit correct, c'est tout ce qu'on me demande. Je ne suis pas le seul au studio à penser que l'information est trop orientée, d'autres techniciens ont ce même sentiment. Mais rien ne peut se faire sans la production* », Guido était grave, il n'y avait pas d'issue.

« *Il faut que je fasse quelque chose... Quelque chose... " Une révolution " mais oui* », dit Milena comme si elle avait trouvé le sésame.

« *Mais mon ange, les Gilets Jaunes sont déjà en révolution, je me demande quelle est ta motivation, contre qui veux-tu te révolter ?* »

« *Mais contre l'injustice voyons...* ».

« *Alors là... Alors là... Laisse-moi te dire que tu as du boulot* », lui dit Guido la caressant.

Ils finirent par s'enlacer comme tous les soirs, puis s'endormirent ensemble. Guido s'endormit mais Milena n'y arrivait pas, ses pensées la tourmentaient. Elle alluma le smartphone de Guido et chercha, et comme qui cherche trouve, elle trouva une page sur Facebook " *Gilets Jaunes* ".

Elle visionna plusieurs vidéos. Devant un arrêt de bus six gendarmes accroupis sur un Gilet Jaune lui donnaient des coups de matraques. Elle vit un homme bras ouverts face aux gendarmes qui étaient à 15 mètres environ recevoir une balle de 40 millimètres en plein ventre. Puis encore un jeune en jaune à côté d'un groupe de gendarmes, l'un d'entre eux le poussant à terre, et tous avec force lui donnaient des coups de pied.

C'était par groupes que les gendarmes attaquaient sans aucune raison évidente des Gilets Jaunes isolés. Elle vit encore des blessures graves au visage, des passages à tabac sans fin, des jets de grenades assourdissantes, des lacrymogènes pulvérisés au visage, elle vit des lycéens à genoux les mains sur la tête et gardés par ceux qui auraient pu être leurs parents " *carapacés* " de casques, matraques et boucliers.

Comme une révélation elle voyait clair

désormais, elle repensait à toutes les questions auxquelles le ministre de l'Intérieur avait répondu à l'Assemblée concernant la crise des Gilets Jaunes.

« *Ça suffit ! Ça doit cesser*» dit-elle en colère.

Les télés remplissaient pleinement et de façon assidue, leur rôle de propagateurs de la pensée supposée juste et saine.

Malgré tous les efforts de l'État pour discréditer le mouvement, la population soutenait toujours ces pauvres bougres qui avaient mis un gilet jaune pour être enfin vus. Les retraités, les smicards, les chômeurs, les pauvres qui réclamaient de la justice sociale, du pouvoir d'achat et une classe politique sans reproche.

Milena s'entretint avec le président du groupe des députés de la " *République en Marche* " de L'assemblée Nationale, elle obtint l'autorisation d'intervenir dans l'hémicycle afin d'interroger le Ministre de l'intérieur monsieur Castaner au sujet du retour des djihadistes en France.

CHAPITRE 12

Dès le lendemain matin ce fut sa première pensée. Milena s'adressant à Guido lui dit :

« *Je veux rencontrer quelques-unes des personnes gravement blessées pendant les manifs* ».

« *Cela ne va pas être facile, comment les trouver ?* » lui répondit Guido.

« *Je sais comment faire, ne sois pas inquiet, je vais me débrouiller* ».

Ce jour-là Milena se rendit dans trois hôpitaux de Paris, pour recueillir des renseignements sur les blessés soignés à la suite des incidents intervenus pendant les manifestations. Ce type de renseignement était d'ordre strictement privé, donc impossible de les avoir. Milena dut se servir de tout son charme mais surtout de sa carte de députée pour avoir leurs noms et leurs adresses.

Parmi ces blessés seuls quelques-uns étaient de la région Parisienne, beaucoup d'autres résidaient aux quatre coins de la France. Venus à Paris pour manifester ils avaient vu leurs vies ruinées en quelques instants. Avec ces blessées il fallait la jouer avec tact, ne pas donner l'impression de fouiller dans leur vie, mais recueillir les témoignages tout simplement. Milena voulait mesurer leur souffrance physique et morale.

Elle trouva le premier blessé à Viroflay prés de Versailles, un homme d'environ trente ans, le voyant on ne devinait pas sa blessure, mais il avait failli y rester. Un éclat de grenade assourdissante lui avait transpercé son artère mammaire et son poumon. C'était le premier décembre, près de l'Arc de Triomphe. La blessure étant si grave il avait porté plainte pour violences volontaires aggravées.

Le deuxième blessé dans la commune de Clamart avait lui vingt ans à peine, il avait voulu ramasser une grenade jetée par les forces de l'ordre. À peine en main la grenade explosait lui arrachant quatre doigts. Il reconnaissait ne pas avoir été très malin d'avoir voulu s'en saisir.

La troisième blessée à Créteil était une femme de trente-cinq ans ayant été victime d'un tir de lanceur de balle de défense (LBD40) reçu en plein dans l'œil droit. Malgré les soins elle resterait éborgnée.

Leurs témoignages des circonstances dans lesquelles ces tirs des forces de l'ordre se produisirent laissaient Milena pantoise, les tirs n'étaient pas justifiés. Les blessures par contre étaient extrêmement graves. Des manifestants qui s'étaient retrouvés au mauvais endroit au mauvais moment. Milena était abasourdie par leurs profondes blessures psychologiques.

Quelques jours passèrent, on était à la

veille de " *l'acte VI* ". Sur les réseaux sociaux on parlait de Versailles comme lieu de manifestation, un impressionnant dispositif des forces de l'ordre fut donc déployé dans l'ancienne ville demeure du roi. Dans la nuit du 21 au 22 décembre les mesures annoncées par le président furent votées à l'Assemblée, mais sans surprise les Gilets Jaunes n'étaient pas satisfaits, " *ce ne sont que des miettes* " disait quelqu'un, " *on a 30 ans à rattraper* " lançait un autre.

« *Je ne veux pas être en retard, je veux toute la savourer cette manif* », dit Milena.

Elle s'empressait de s'habiller chaudement et de mettre des bonnes chaussures de marche tout en buvant son café. Après le vote à l'Assemblée elle avait dormi à peine quelques heures. Mais elle n'aurait manqué la manif pour rien au monde. Milena ne se l'avouait pas, mais elle était une " *Gilet Jaune* " dans l'âme.

« *Pas de problème ma chérie, aujourd'hui Montmartre* », dit Guido calmement.

« *Quoi Montmartre !* ».

« *La manifestation aujourd'hui se déroule à Montmartre à la basilique, ici chez nous. C'est ce que disent les réseaux sociaux* », dit Guido son smartphone à la main.

Guido avait appelé André, Michel et les autres amis du camp, rendez-vous était pris devant la basilique. Ils étaient là ponctuels clamant de nombreux slogans avec les autres manifestants. Après les embrassades les voilà en route vers le centre de Paris, il y avait des Gilets Jaunes de partout. Les échauffourées étaient plus rares que d'habitude, les magasins étaient ouverts, la manifestation pacifique. Près de la place de la Madeleine quelques Gilets Jaunes furent interpellés, la police voulant bloquer le passage des manifestants se heurta à leur colère.

« *Restons soudés, ne répondez pas aux provocations* », disait Stefano aux copains.

Ils voulaient manifester, ils n'étaient pas là pour autre chose, il n'y avait pas des casseurs parmi eux, seule la soif de justice les animait.

« *Mais enfin pourquoi ils ne laissent pas passer ? À quoi ça rime de nous bloquer ? Ils cherchent l'affrontement ?* » disait Milena ne comprenant pas.

« *Ils provoquent pour nous déstabiliser, ils attendent une bavure de notre part pour décrédibiliser le mouvement* », lui répondit Dany.

La journée se poursuivit ainsi sans trop de grabuge. En soirée les Champs Élysées étaient calmes beaucoup de personnes en jaune manifestaient paisiblement. Épuisée de fatigue, n'ayant presque pas dormi la nuit précédente Milena décida de rentrer. Avec Guido ils quittèrent les Champs après avoir salué les copains en empruntant l'avenue George-V, ils étaient devant le fameux Fouquet's quand tout à coup des motards de la police s'arrêtèrent en plein milieu de la chaussée. Un policier sortit son arme et menaça les manifestants en colère. Les policiers réussirent à prendre la fuite en laissant une moto sur place couchée sur le sol. (Nous verrons par la suite le réel déroulement des événements).

Les journaux télévisés firent un grand étalage de cet événement, la scène passait en boucle dans toutes les rédactions, le gouvernement tenait son scandale, celui qui allait faire pencher dans son sens la balance du soutien de la population. L'opinion publique qui jusque-là soutenait les Gilets Jaunes allait enfin décrocher.

Remerciés et honorés d'une poignée de main par le ministre de l'Intérieur, ces policiers devenaient des héros.

Pendant plusieurs jours de nombreux débats télévisés furent consacrés à cet événement, on palabrait sur la cruauté des Gilets Jaunes et sur le rôle des policiers protecteurs de la patrie. Les politiques de tous bords de l'extrême gauche à l'extrême droite s'indignaient et se montraient solidaires des forces de l'ordre.

Pour cet " *acte VI* " seuls 38.600 Gilets avaient manifesté dans toute la France, ce chiffre encore en baisse donnait espoir aux autorités quant à une fin imminente du conflit. Les Gilets Jaunes eux pensaient que les fêtes justifiaient le manque de mobilisation, mais certainement elle allait redémarrer avec le nouvel an qui arrivait à grands pas.

Pendant que des Français couraient les magasins afin de faire leurs derniers achats, pour préparer un Noël fastueux certains Gilets Jaunes un peu partout en France distribuaient des cadeaux.

Obtenus bénévolement par la grande générosité de donateurs anonymes, ils les offraient aux familles dans le besoin, aux enfants des Français qui " *ne sont rien* " de ceux qui ont du mal à vivre, de ceux pour qui la fin du mois est toujours incertaine.

Ils allaient passer Noël dans le camp, Michel préparait tout cela avec beaucoup d'empressement, ils seraient peut-être une dizaine à fêter la nativité dans la cabane, un petit poêle à gaz ferait l'affaire pour se chauffer, dehors le brasero ne s'éteignait jamais. Des automobilistes avaient apporté des victuailles de qualité. Des biscuits apéritifs, du saumon fumé, de la charcuterie fine une bûche pâtissière, Patricia allait préparer deux chapons qu'ils avaient achetés chez le traiteur du coin, accompagnés de quelques légumes cela allait être parfait. Une boîte de chocolats et une bouteille de mousseux allaient clore un réveillon pour le moins original.

Milena elle, rentrerait dans sa petite circonscription, le réveillon en famille était une tradition à laquelle était impossible de se soustraire. Pendant ces deux jours loin de Guido, elle en profiterait pour s'informer sur internet de la législation concernant l'utilisation des armes de défense. Et allait aussi emporter du travail avec elle, le compte rendu de toutes les interventions du ministre de l'Intérieur à l'Assemblée nationale. Un gros dossier à étudier. Elle avait pris une décision radicale parce que trop choquée par les vidéos de guérilla urbaine qu'elle consultait tous les jours. Elle sentait qu'on lui mentait sur bien de sujets. Guido lui resterait à Paris, étant seul il réveillonnerait avec ses amis de combat: Daniel, Patricia, Michel, Guillaume, Odile et les autres.

Ce 23 décembre chez BRNtv un apéritif de fin d'année était offert par la direction, la salle où l'on fêtait l'événement était décorée à profusion, un gigantesque sapin de Noël dans un coin de la pièce atteignait le plafond.

Guido lui, n'était pas particulièrement motivé pour y assister, mais il était là comme chaque année, et comme chaque année il eut droit à l'habituel discours du Président-directeur général qui félicitait tout le monde pour le bon travail fourni au cours de l'année. Il soulignait la bonne marche de l'entreprise et félicitait tout l'encadrement d'avoir boosté les ventes en attirant les publicistes grâce à l'opportunité due au conflit des Gilets Jaunes qui augmentaient l'audimat depuis plus d'un mois de 48 pour cent.

« *Pourvu que ce conflit dure* », dit-il.

Guido en entendant ces mots fut indigné au plus profond de son âme, il pensa à ses amis au froid dans le camp, il pensa à tous ceux qui souffrent et qui arrivent difficilement à la fin du mois. Il pensa à ceux qui avaient été injustement interpellés, à ceux qui avaient été blessés dans les manifestations, à tous ceux qui avaient reçu une balle de " LBD 40 " à ceux qui avaient été éborgnés à ceux qui avaient vu leur main arrachée.

« Pourvu que ce conflit cesse le plus rapidement possible, il y a des gens qui souffrent dehors », dit Guido à haute voix interrompant le monologue du président.

Le silence tomba soudain dans la pièce, quelqu'un avait osé interrompre le PDG ? Qui était donc cet inconscient ? Tous les regards se tournèrent vers Guido qui, impassible, fit un tour sur lui-même pour regarder l'assemblée.

« Oui bien sûr ! Bien sûr ! » reprit le président pour ne pas perdre la face

Pendant l'apéritif, seuls quelques-uns des techniciens conversaient avec Guido, c'étaient des amis de travail, des bons camarades avec qui il avait des bonnes relations. Nombre de ses autres collègues ne l'approchaient pas, par crainte des représailles de la direction. Guido lui, savait qu'il allait avoir droit à des sanctions.

CHAPITRE 13

Le réveillon se passa dans le calme partout en France, chacun goûtait un peu de sérénité. Néanmoins le parti du président de peur que ses disciples ne soient en difficulté lors des différents rassemblements au sein de leur famille, envoya à chacun dans leur boîte mail un " *Kit de survie* ". Le parti donnait à chacun les réponses pré-étudiées aux différentes questions auxquelles ils auraient à faire face.

« *C'était le comble ! Ils prenaient pour des imbéciles des gens qui les soutenaient comme n'ayant pas une opinion propre et ne sachant pas réfléchir par eux-même !* » dit l'auteur de ces quelques lignes.

Le président de la République était parti, personne ne savait où, mais loin des stations de ski qu'il fréquentait pendant les fêtes d'hiver. L'Élysée faisait la sourde oreille à tous les journalistes qui posaient des questions, les journaux télévisés étaient dans la même situation. De nombreuses personnes ainsi qu'un groupe de Gilets Jaunes pensaient qu'il avait rejoint la résidence d'été de la République, le fort de Brégançon dans le Var. Se rendant sur place pour rencontrer le président ils furent repoussés par les forces de l'ordre. Le président fut aperçu quelques jours plus tard se promenant avec son épouse dans les rues de Saint-Tropez.

Il faut dire qu'il avait à préparer un discours pour les Français, les fameux et traditionnels vœux du 31 décembre qui cette année allaient avoir une résonance particulière. Chaque mot devait être juste, pesé et sans ambiguïté, la France curieuse attendait ces vœux, les Gilets Jaunes eux pensaient que rien de bon n'en sortirait.

Au camp près de l'autoroute à côté de la cabane bleue et autour du brasero les Gilets Jaunes dégustant encore et encore des gâteaux des rois qu'on leur offraient, étaient contents de se retrouver pour discuter parfois avec une pointe d'ironie.

« *Je pense qu'en ce moment il ne doit pas bien dormir, entre le mouvement qui dure depuis un mois et demi et l'histoire de Benalla qui lui revient à la figure comme un boomerang, il doit avoir des sueurs froides pendant la nuit* », disait Odile à la cantonade en parlant du président toujours caché pour ne pas se faire conspuer.

« *Ah... Ce Benilla qui va et qui vient, on le connaît et on ne le connaît pas, il a rendu les passeports et il les a repris, ou ils sont toujours dans le bureau de l'Élysée, il va à l'étranger et personne ne le sait, il appelle le président alors que ce dernier dit qu'il n'a aucun contact avec* lui. *Il va en Afrique et personne ne sait qu'il va voir le président du Tchad, non il y allait pour ses affaires personnelles. C'est un tel bordel cette histoire que j'ai le cerveau en fusion, j'ai tellement mal à la tête que je n'en peux plus* », disait Jacques visiblement écoeuré.

« *Et Castaner lui il va vite en besogne ! Il déclare déjà que le mouvement est fini, il est fou ? Attendons que soient passées les fêtes et il verra le feu renaître des cendres et enflammer la France. C'est lui qui est fini oui ! En plus il ferait mieux de se raser, il ressemble à rien comme ça*», c'étaient les paroles de Bernard le photographe amateur.

« *Bon sang de bon sang, mais enfin on ne va pas rester ici la vie entière ! À partir du 15 janvier il va y avoir le débat national pendant deux mois ; on ne va pas attendre ! Il n'est bon qu'à nous faire chier celui-là. Merde !* » disait Rocco en colère.

« *Revenons à nos moutons, qui sont ceux qui viennent demain à la manif ?* » dit Michel calmant les ardeurs.

Le lendemain à Paris la manifestation se déroula sans incidents notables, Guido avec Milena, Daniel et Patricia, Stefano, Odile, Maïté, Serge et les autres étaient présents. Comme d'habitude tous unis. Milena ne portait pas de gilet jaune, et personne ne lui suggérait de le faire.

Les chaînes de télévision furent l'objet de

sarcasmes, la manifestation se déroula sous leurs fenêtres, les Gilets Jaunes en voulaient aux chaînes TV à cause de la manière dont l'information était divulguée, très partisane, toujours orientée, et parfois mensongère. Elles minimisaient les nombreuses bavures policières et amplifiaient le moindre écart de conduite de certains Gilets Jaunes qu'ils associaient aux casseurs bien volontiers. Les manifestants dénonçant la *"désinformation"* criaient :

« *Journalistes collabos* ».

Quelques altercations avec les forces de l'ordre eurent lieu, mais rien de grave. Les manifestants se dirigèrent ensuite vers le centre de la capitale.

En fin de journée de " *l'acte VII* ", le gouvernement annonçait 12.000 manifestants dans toute la France. Ce nombre en baisse depuis des semaines faisait jaser les politiciens de la majorité qui en fiers vainqueurs parlaient presque au passé des Gilets Jaunes.

Rien de particulier à signaler pour le 31 décembre, si ce n'est que les vœux du président exprimés à 20 heures étaient toujours aussi ennuyeux et qu'ils n'apportèrent rien qui vaille la peine d'être souligné. Ah oui ! Il avait traité les Gilets Jaunes de " *foule haineuse* ".

Milena était prête pour son intervention à l'Assemblée nationale, la séance des questions au gouvernement était toujours assez suivie par les députés. Personne n'était au courant de ce qu'elle s'apprêtait à faire, même Guido était dans la plus totale ignorance. Mais elle était consciente que sa démarche allait mettre un terme à son engagement politique. Aucun parti n'aurait jamais pardonné ce qu'elle se disposait à faire. Officiellement les ministres sont interrogés ne connaissant pas à l'avance l'énoncé des questions et l'argumentation qui les accompagne, mais la réalité est tout autre, ils en disposent quelques heures auparavant afin qu'ils puissent préparer leurs réponses.

Milena elle avait trompé son président du groupe et le ministre leur destinant une question qui n'avait rien à voir avec ce qu'elle avait déposé. Dans l'hémicycle elle était tendue, assise à sa place elle attendait le cœur battant, Martine sentit qu'elle était bizarre :

« *Qu'as-tu ? Tu as l'air étrange, quelque chose ne va pas ?* »

« *Non Martine tout va bien, rassure-toi, tout va bien* ».

« *La séance est ouverte...* », dit le président de l'Assemblée :

« *... L'ordre du jour appelle les questions au gouvernement ! La parole est à...* ».

Milena dut attendre son tour, quatre autres députés avant elle allaient poser leurs questions. En regardant l'hémicycle elle pensa à Guido son amoureux. Aurait-elle dû l'informer de ce qu'elle avait prévu de faire ?

" *Va-t-il approuver mon choix ?* "

« *La parole est à Mademoiselle Milena Desprez* », dit le président.

S'approchant et saisissant le micro Milena entama son élocution :

« *Merci monsieur le président, ma question s'adresse à monsieur le Ministre de l'Intérieur : Monsieur le ministre... QUAND ALLEZ VOUS DÉMISSIONNER ?* »

Il y eut dans l'hémicycle comme un souffle de surprise, entendre une députée de la majorité demander la démission d'un ministre était quelque chose d'irrationnel.

« *Depuis le début du mouvement des Gilets Jaunes un nombre important de personnes ont été gravement blessées au cours des manifestations. Des visages défigurés, d'autres éborgnés, des mains arrachées. Ces blessés garderont à vie un handicap provoqué par les forces de " l'ordre " censées les protéger.*
Le "LBD 40" est une arme de précision, les tirs sous certaines conditions ne sont autorisés qu'à hauteur de la poitrine et aux jambes et absolument interdits au visage. Voulez vous me dire Monsieur le ministre, comment expliquez-vous que des personnes se retrouvent ainsi défigurées ? Par quel sortilège...? Quelque chose n'a pas bien fonctionné...? J'ai pu voir des vidéos très instructives sur les réseaux sociaux, des vidéos que les chaînes de télévision se refusent de diffuser parce qu'elles sont aux

ordres ou sous l'influence du gouvernement ».

Un brouhaha se souleva dans l'assemblée, un brouhaha qui en disait long.

« *Oui mesdames et messieurs, quand un producteur ne répond pas à vos questions et vous suggère de les poser à votre chef de parti il devient clair qu'ils sont en parfaite entente*»

Il y eut dans l'Assemblée une clameur, et les partis de l'opposition applaudirent Milena la députée "*République en Marche*". Quand enfin le calme revint :

« *Des vidéos je disais où l'on voit vos hommes tirer à l'aveuglette sur tout ce qui bouge, alors que dans le cadre du maintien de l'ordre public, l'article R 211-13 du CSI prévoit en absolut que l'emploi de la force doit être proportionné et n'est possible que si les circonstances le rendent absolument nécessaire. C'est quoi ? Monsieur le ministre, ce sont les mots " absolument nécessaire " que vous ne comprenez pas ? Où est l'absolue nécessité quand le manifestant est à quinze mètres immobile et les bras ballants ?*
Les 776 tirs de "LBD 40" le premier décembre à Paris n'ont-ils pas outrepassé largement leur légitimité ? C'est une arme de défense non pas une arme d'agression... Je vous parlerai bien volontiers des scènes de matraquages gratuits, des bandes de cinq à six gendarmes frappant un homme en jaune à

terre, encore et encore et puis encore plus et encore à nouveau, mais le temps qui m'est imparti ne me le permet pas ».

Les députés de l'opposition debout à leur place applaudissaient. Dans la majorité certains députés quittaient l'hémicycle ils étaient dans la honte l'indignation et la consternation. Le monde à l'envers. Martine à côté de Milena lui tirait le bras pour l'inciter à s'asseoir et se taire. Le ministre de l'Intérieur ne bronchait pas. Le retour au calme nécessita l'intervention répétée du président. Milena poursuivit donc :

« Je vais vous parler maintenant de ce qui s'est passé le 22 décembre, il est question de l'usage de grenades, qui elles aussi ne doivent être utilisées qu'en cas d'extrême nécessité. La grenade à main appelée de désencerclement (GMD) est susceptible d'être utilisée "lorsque les forces de l'ordre se trouvent en situation d'encerclement ou de prise à parties par des groupes violents ou armés ". Je me suis trouvée dans l'avenue George-V, je manifestais moi aussi pour plus de justice sociale. Pour tout vous dire je me suis retrouvée en première ligne, dans l'abribus situé devant le Fouquet's et la scène passée en boucle dans toutes les télévisions je l'ai personnellement vécue. La vidéo a été tronquée, toutes les premières images n'ont pas été diffusées, ces premières images ne plaident pas en votre faveur ».

Lentement mais sûrement la sortie des députés de la majorité se poursuivait. Milena imperturbable poursuivait elle aussi.

« *Les manifestants déambulaient sur les Champs Élysées, tranquilles ; Quatre motards de la police sont arrivés par l'avenue George-V, ils arrêtèrent leurs engins juste avant le feu rouge, à la hauteur de l'abribus, et voici que l'un d'entre eux lança une grenade alors que les manifestants étaient à 23 mètres.*

Dans le code de sécurité intérieure il est dit : " les policiers et gendarmes peuvent faire usage de leurs armes en cas d'absolue nécessité et de manière strictement proportionnée ". Mais enfin dans ce cas elle est où l'absolue nécessité ? Entre les policiers et les manifestants il y a un vide de 23 mètres.

Les policiers n'étaient pas du tout encerclés ni même pris à partie par des groupes violents ! Cela nétait que de la pure provocation de leur part d'avoir tiré la grenade sans raison aucune, ils allaient se faire lyncher, un policier a sorti son arme de service pour rengainer quelques instants plus tard, heureusement. Il ne faut pas s'étonner si certains ont eu une réaction excessive.

Vous n'allez pas faire croire aux Français qu'il est absolument nécessaire de lancer en absolue nécessité 10.000 grenades en une journée ? Il faudrait que les manifestants se comptent par millions. Je vous rappelle monsieur le ministre qu'une loi de notre République interdit aux parents de donner la fessée à leurs enfants, tel est le respect que nous devons à chacun.

Chaque citoyen est digne de respect et

courtoisie, telle est la loi, c'est un être humain et dans le pays des "droits de l'Homme" quand un citoyen met un gilet jaune il n'en est pas moins un citoyen. Alors je vous réitère ma question : quand allez-vous démissionner ? QUAND ALLEZ VOUS DÉMISSIONNER ? »

Il n'y avait plus aucun député de la majorité dans l'hémicycle, même Martine était partie. Les oppositions de droite et de gauche applaudissaient et criaient avec fracas, le président tenta en vain de calmer l'assemblée, il dut se résigner à annoncer une suspension de séance.

Milena chercha à partir, elle rencontra en traversant les couloirs beaucoup de ses collègues de la majorité, pour la plupart ils l'ignoraient, d'autres l'insultaient.

« *Casse-toi maudite* ».

« *Vendue, traîtresse* ».

CHAPITRE 14

Le scandale provoqué par l'intervention de la députée *"En Marche"* fit le tour de toutes les rédactions nationales et régionales. Milena méconnue de tous jusqu'à ce jour allait être l'objet des discussions de la sphère politique mais aussi de tous les citoyens qui regardaient les journaux télévisés.

Ils étaient étonnés de constater qu'à l'Assemblée des voix discordantes se levaient contre le gouvernement de la part même de ceux qui étaient supposés le soutenir. Pour les partisans de la majorité Milena était incompréhensible, elle avait retourné sa veste, elle s'était vendue à l'ennemi. *" La députée par qui le scandale arrive "* était le titre d'un grand quotidien Français. *" La volte-face "* disait un autre qui avait publié une photo de Milena.

« *Pauvre fille ! Elle ne fera plus jamais de la politique* », disaient certains citoyens.

Pour tous les Gilets Jaunes Milena était une héroïne qui avait ouvert les yeux sur la réalité de la situation et qui avait le courage d'afficher son indépendance au pouvoir en dénonçant les agissements scélérats.

Guido apprit la nouvelle quasi en direct, chez BRNtv on suivait bien entendu la chaîne parlementaire qui couvrait les débats des questions au gouvernement à l'Assemblée nationale. Aussitôt un flash info fut lancé sur le plateau, communicant en direct avec la correspondante de BRNtv qui confirmait la nouvelle et interrogeait des parlementaires rencontrés dans les couloirs de l'Assemblée. Guido avait du mal à y croire, il était déboussolé, il se sentait un peu coupable.

"Pourquoi ne m'en a-t-elle pas parlé ? " se disait en lui-même.

Impossible de la joindre au téléphone, Milena avait coupé son portable. Ce soir-là Guido fut surpris en rentrant dans le petit appartement place du Tertre, étendue sur le lit son visage dans les paumes de ses mains Milena pleurait. Lentement il s'approcha d'elle et caressant tendrement ses cheveux lui dit :

« *Tu es une femme très courageuse* », puis en pleurant lui aussi il continua :

« *J'ai maintenant une raison de plus de t'aimer... De t'aimer si fort...* ».

Milena releva la tête, ils se regardèrent les yeux dans les yeux quelques instants éternels, puis ils s'embrassèrent en silence, longuement, tendrement. Dans les bras de son homme elle puisait le réconfort dont elle avait besoin. Aucun mot, aucun bruit aucun souffle ne vint perturber ce moment où ils redécouvraient le grand et profond sentiment qui les unissait.

Milena appela ses parents pour leur expliquer les motivations qui l'avaient conduite à agir d'une façon aussi radicale elle leur dit tout ce qu'elle avait sur le cœur. Son chagrin et sa peine pour tous ces blessés qui pour avoir réclamé un peu plus de dignité et de justice avaient subi la réaction d'une répression sans retenue, sauvage disproportionnée.

« *Pardonnez-moi si je vous ai déçus mais je ne pouvais faire autrement* », leur dit-elle.

« *Si tu es en paix avec ta conscience c'est bien, c'est la seule chose qui compte* », lui dirent ses parents pour la consoler.

Le lendemain matin ils se rendirent ensemble au camp, à peine enjambée la glissière de sécurité et aperçu le brasero, un applaudissement se fit entendre, les Gilets Jaunes étaient enthousiastes et heureux de voir Milena qui avançait vers eux. La nouvelle vue et entendue à la télé leur avait fait reconnaître Milena la jeune députée, mais aussi la petite amie de Guido.

Arrivant près du brasero on continuait à l'applaudir, la bienvenue était chaleureuse, tous ensemble lui avaient déjà préparé un cadeau. Milena n'osait pas y croire, elle défit le noeud papillon du ruban qui entourait le paquet, ouvrit la boîte et elle découvrait un gilet en tissu jaune, au dos duquel une " Marianne sans-culotte " avait été dessinée à la main, aussitôt elle s'empressa de l'enfiler sous le regard heureux de Guido.

Dessin réalisé par Nicola G J

Soudain quelqu'un leva la voix et avec la prestance d'un acteur manqué dit :

« *Monsieur le ministre... Quand allez-vous démissionner ?* » c'était Rocco qui hurlant avec sa voix rauque répétait de façon théâtrale les mots utilisés par la députée à l'Assemblée.

« *Alors je vous réitère ma question... Quand allez-vous démissionner ?* ».

Le rire s'empara de chacun, Milena les regardait tous, émue et heureuse.

« *On est emmerdé, maintenant on a une*

chef de plus », dit Michel avec son sourire en coin tout en regardant Milena qui comprit sa boutade.

Après ces réjouissances ils passèrent aux choses sérieuses, chacun donnait son avis de ce qui était envisageable de faire, on aurait dit des Gaulois irréductibles qui se chamaillaient amicalement tous autour du brasero que Stefano alimentait sans cesse.

La préparation et la distribution des prospectus, l'affichage, les banderoles, chaque idée était la bienvenue, on écartait adroitement les mauvaises.

Cet après-midi-là, Milena reçut un appel, le numéro affiché sur son smartphone lui était inconnu, elle craignait que des citoyens, qui n'approuvaient pas son intervention de la veille à l'Assemblée, ne l'importunassent. Ayant décroché, une voix se présenta comme le représentant des Gilets Jaunes de la région parisienne.

« *Je ne savais pas que le mouvement avait des représentants ; que me voulez-vous ?* »

« *Vous rencontrer, pour voir si on peut ensemble faire évoluer ce mouvement, c'est très remarquable ce que vous avez fait hier à l'Assemblée, je vous félicite* » dit l'homme.

« *Je croyais que vous étiez apolitiques, comment justifiez-vous votre appel ?* »

« *Vous êtes grillée en politique désormais,*

vous ne pouvez pas nous récupérer, mais nous pouvons créer ensemble », continuait à dire l'homme.

« *Quel est votre nom ? Et vous voulez faire quoi au juste ?* » le questionna Milena.

« *Il serait préférable d'en parler de vive voix, les téléphones ne sont pas sûrs, je m'appelle Tournant, Patrice Tournant* ».

« *Bien, venez demain au camp des Gilets Jaunes, à la sortie de l'autoroute A 13 à neuf heures, soyez ponctuel monsieur Tournant* ».

Le rendez-vous était pris, il fallait attendre tout simplement, mais Milena se demandait à quoi la rencontre pouvait bien aboutir.

Ce même après-midi Guido travaillait comme à son accoutumé chez BRNtv, l'activité routinière n'était pas des plus réjouissantes, mais donnait l'avantage d'être en permanence informé de tout ce qui se passait en France. Guido avait appris à lire l'essentiel même de la véritable information parmi les commentaires souvent détournés et partisans. Il dut se rendre dans le bureau du chef du personnel qui l'avait convoqué, celui-ci faisait fonction de bras droit du Président-directeur général.

Guido comprit que son intervention lors du discours du PDG le soir de l'apéritif de fin d'année allait être la cause de ses déboires.

« *Mais que vous a-t-il pris bon sang ! Vous me mettez dans de beaux draps, je n'ai rien à* vous reprocher, votre travail est excellent, toujours ponctuel, disponible à toute heure. Non ! Non ! Je ne sais pas quoi faire, dites-moi comment vais-je vous sanctionner? »

« Quoi ? me sanctionner ? Pour avoir interrompu le président ? Il serait peut-être plus logique que le président accepte de comprendre que son propos était très déplacé dans le contexte actuel, après tout il est vrai qu'il y a des malheureux dehors et des gens qui se battent tous les jours pour leur survie », lui répondit Guido.

« Mais on s'en fout ! Qu'en avez-vous à faire de tout cela... Est-ce que vous... Non ! Ne me dites pas que... Vous êtes un Gilet Jaune ? »

« Oui ! Je le suis », dit Guido de tout son calme.

« Ok monsieur Guido Festy, allez reprendre votre travail », dit le chef du personnel après avoir soupiré longuement.

Le lendemain, Milena et Guido se rendirent au camp des Gilets Jaunes, le rendez-vous pris la veille allait-il aboutir à quelque chose ?

« On verra bien, pour ma part j'ai des sérieux doutes, un représentant pour la région parisienne que je ne connais pas me laisse perplexe » dit Guido tout en conduisant.

Au camp personne n'avait entendu parler

de Patrice Tournant représentant des Gilets Jaunes, personne ne l'avait jamais proposé, pris par la curiosité chacun voulait être présent à l'entretien, André, Rocco, Dany, Serge la fouine, Michel et les autres l'attendaient.

Il arriva avec ses grands airs de capitaine, d'emblée pas très sympathique. Enfermés dans la cabane bleue tous ensemble ils attendaient de connaître la proposition de ce personnage.

« *Je songeais à un parti pour les élections européennes, il me semble que vous feriez une excellente tête de liste* », dit l'homme souriant.

« *Stop, on arrête là, je ne suis pas du tout intéressée. J'ai déjà donné à la politique, personne ne voudrait d'un parti parmi les Gilets Jaunes, c'est d'avance une entreprise vouée à l'échec* » dit Milena se levant de sa chaise pour indiquer que la discussion était terminée.

Tous les présents se levèrent, la sagesse l'avait emporté. On sut plus tard que Patrice Tournant bien que se disant Gilet Jaune ne représentait personne, c'était simplement un paumé qui rêvait de notoriété. Nos amis soulagés revinrent se chauffer prés du brasero. Patrice Tournant lui allait tourner ailleurs.

Le 5 janvier se déroulait " *l'acte VIII* ", se furent 50.000 Gilets Jaunes qui défilèrent dans toute la France, mais tout le monde savait que ce nombre ne reflétait pas la réalité qui était toute autre. Il se forma à Marseille un premier mouvement pour établir une liste en vue des élections européennes. À Paris des individus s'attaquèrent aux locaux d'un ministère par une intrusion violente à l'aide d'un chariot élévateur. Ce ministère fut visé suite aux propos déplacés du ministre lors de ses interventions auprès de la presse les jours précédents. Beaucoup trop virulent il traitait de putschistes les manifestants qui voulaient de la justice sociale et du pouvoir d'achat. À l'hôtel de Ville à Paris une lettre fut lue en réponse aux vœux du président, les revendications furent rappelées et une réponse négative donnée concernant le débat national lancé par le président.

«*La colère va se transformer en haine si vous continuez, de votre piédestal, vous et vos semblables, à considérer le petit peuple comme des gueux, des sans dents, des gens qui ne sont rien* ».

C'était l'une des phrases de la lettre du collectif " *La France en colère* " diffusée dans la semaine en réponse au discours du président lors de ses vœux.

Ce fut la journée ou un homme sans gilet boxa sur les forces de l'ordre, ces images passèrent en boucle dans les journaux télévisés, on sut par la suite qu'il s'agissait d'un ancien boxeur professionnel qui venait de sauver une femme des coups des forces de l'ordre.

Parallèlement un commandant de police à Toulon s'en était pris à deux manifestants, son intervention n'en était pas moins violente que celle du boxeur. Le préfet du Var saisit l'IGPN, le procureur qui dans un premier temps estimait qu'il n'y avait pas matière à poursuite revint sur ses propos et une information judiciaire fut ouverte. D'autres scènes de grande violence se perpétrèrent à Rouen, Bordeaux, Nantes, Rennes, Caen, Toulouse etc.

Le dimanche 6 janvier une première manifestation exclusivement féminine eut lieu dans la Capitale. En Italie les deux chefs du gouvernement apportèrent leur soutien aux Gilets Jaunes se réjouissant du soulèvement populaire Français et provoquant une crise entre les deux pays.

Une collecte de fonds fut lancée en soutien au boxeur qui s'était livré à la police ; les fonds récoltés serviraient à assurer sa défense devant la justice ainsi qu'à soulager sa famille désormais dans le besoin. Mais bien entendu cela provoqua un tollé des personnes qui profitent bien du système, des politiciens qui firent clore la collecte pour en créer une nouvelle destinée aux forces de l'ordre les citant comme victimes.

À peine quelques jours plus tard un syndicat de police décida de porter plainte contre l'organisateur de la cagnotte en faveur des forces de l'ordre pour " *abus de confiance* " et " *escroquerie* ".

« *Il aurait mieux fait de lancer une cagnotte pour soutenir les victimes de l'effondrement des logements de la rue d'Aubagne à Marseille qui a fait des morts et des sans-abri* », disait quelqu'un.

CHAPITRE 15

Milena après son intervention remarquée et controversée à L'Assemblée nationale reçut un courrier curieux. Le chef du parti " *En Marche* " et le président du groupe des députés à la chambre lui demandaient simplement de leur remettre sa démission.

« *Et puis quoi encore ! Mais ce n'est pas vrai !* » s'exprima-t-elle à haute voix.

Sa réponse fut toute simple, mais un peu sanglante, en peu de mots elle leur dit :

« *Vous pouvez m'exclure du parti c'est votre droit, pour ce qui est de la fonction de députée j'ai le regret de vous dire que je l'ai reçue par le peuple, c'est donc le peuple qui aura ma peau s'il le souhaite, ce ne sera certainement pas vous, à bon entendeur...* ».

Guido lui aussi reçut une lettre avec accusé de réception, elle était envoyée par BRNtv. Elle lui communiquait une sanction disciplinaire, " *mise à pied sans salaire d'une semaine* " au motif évoqué de " *manquement grave à l'obligation de loyauté, et attitude en opposition aux valeurs de l'entreprise ".* Guido n'en revenait pas :

« *Comment peuvent-ils me faire ça, c'est incroyable ! Et on est dans un pays en démocratie ? L'interprétation de la démocratie ressemble de plus en plus à de la dictature !* »

Ce jour-là dans le camp que certains appelaient " *le club jaune*" chacun parlait de la manifestation du lendemain ; pour " *l'acte IX* " les villes de Paris et surtout Bourges (parce que située au centre de la France) étaient indiquées comme lieux de rassemblement.

« *Ils nous prennent vraiment pour des cons avec leur débat de merde, il faut arrêter* », disait Serge la fouine.

« *On en aura vu des vertes et des pas mûres avec ce gouvernement, incroyable l'amateurisme avec lequel ils gouvernent, on dirait des enfants qui jouent à la dînette* », reprit Patricia qui avec son plateau à la main distribuait des galettes.

« *Puis ils disent que ce sont des gens responsables, mais responsables de mon cul qu'ils sont responsables, des abrutis oui !* » disait Eric.

« *Et nous qui restons là plantés au bord du rond-point, on dirait qu'on compte les voitures, il faut qu'on bouge bon sang* », déclarait Daniel.

« *Justement j'ai l'idée d'une action, j'en ai discuté avec Milena nous sommes d'accord, voyons qu'en pensez-vous* ».

Guido réunit à part les plus aguerris du groupe, dans la cabane autour d'une table, ayant rabattu le rideau qui les isolait de l'extérieur il leur dit :

« *Attention, c'est une opération qui comporte certains risques, ceux qui ne se sentent pas d'y participer sont libres de renoncer* ».

« *De quoi s'agit-il ? J'ai hâte de savoir* », dit Dany enthousiaste.

« *Mon idée est la suivante, si nous allons... bla bla bla bla bla... bla bla... bla, il faut deux hommes qui bla bla bla, et deux autres qui bla bla bla, puis on prendra une bla bla bla bla pour après filer en douce, ni vu ni connu* », finit par dire Guido.

« *Oh pétard, tu frappes dur là* », disait Guillaume déjà partant.

« *Oui mais pour cela il nous faut des complices, nous on ne s'y connaît pas pour ce genre d'intervention* », dit Rocco un peu dépité.

« *Je crois bien en avoir quelques-uns, je vais leur en parler, j'assure la coordination. Qui est partant ?* » demanda Guido.

Le demander était inutile, tous étaient partants, Guido les avait bien choisis. Ce même jour il rencontra deux de ses amis, il s'agissait de les convaincre d'agir en coordination avec les Gilets Jaunes, leurs assurant l'anonymat en leurs disant :

« *Je comprends parfaitement que chacun a sa famille et par les temps qui courent il faut préserver l'essentiel* ».

« *Combien de temps faudra-t-il ?* » lui demanda l'un d'entre eux.

« *Cinq minutes seront nécessaires guère plus, cela doit être rapide et efficace, mes amis du camp sauront exactement quoi faire, je les brieferai en conséquence* »

« *Tu es conscient de ce que tu nous demandes, c'est un risque pour chacun d'entre nous* », lui dit l'autre.

« *Je vous revaudrai ça, je ferai tout le nécessaire pour minimiser les risques, merci mes amis* », leur disait Guido les rassurant.

Le lendemain au matin, se levant pour aller à la manifestation une nouvelle bouleversa la France, une explosion dans Paris avait fait des morts et des blessés.

« *Oh non ! Pourvu que ce ne soit pas l'œuvre d'un fanatique déséquilibré* »

Milena et Guido écoutaient les infos avec crainte, malheureusement une fuite de gaz dans une boulangerie rue de Trévise alerta les voisins qui appelèrent aussitôt les pompiers.

À peine arrivés sur les lieux une terrible explosion souffla le quartier faisant des victimes.

Plus tard la manifestation démarrait à Bercy pour arriver à l'Arc de Triomphe, le rassemblement rejoignit les Champs Élysées où la situation était tendue entre les forces de l'ordre et les centaines de Gilets Jaunes présents. Ces situations se répétaient dans tous les coins de France avec plus ou moins de violences, les confrontations devenaient des affrontements. Ainsi à Toulouse et à Nîmes, à Marseille, à Lyon, à Lille et à Bordeaux on entendait les slogans hostiles " *Castaner en prison* " et " *Macron démission* ".

Le chiffre de 84.000 manifestants fut comptabilisé d'après le gouvernement ce jour-là. L'actualité était aussi le grand débat national qui allait commencer trois jours plus tard et pendant deux mois. La Commission nationale du débat public était désignée comme garante des procédures démocratiques, mais trois jours avant le début des débats, la commission annonçait qu'elle ne les superviserait pas. En cause la manière de procéder du gouvernement qui ne leur paraissait pas conforme.

En fait c'était le grand bazar, personne ne comprenait rien à ces débats " où, quand, comment ", pas moyen d'avoir des infos. La veille même du commencement des débats les mairies censées les organiser n'avaient encore rien prévu, c'était le calme plat. Au camp les discussions allaient bon train, chacun mettait son grain de sel.

« Mais que va-t-il bien nous apporter ce débat ? Ce n'est que de la perte de temps »

« Je vais lui en dire quatre de vérités si vraiment il veut m'entendre ».

« Non, mais le président gagne du temps, il veut nous fatiguer, et il aura gagné la partie il a dit qu'il ne changerait pas de cap ni de politique il n'envisage même pas un seul instant qu'il puisse s'être trompé, borné comme il est ! Nous avons été dupé aux élections»

« Je ne changerai pas de ligne, mais on peut débattre de ce que je ne changerai pas, semble dire Jupiter ».

« Bordel de merde on est dans des beaux draps, mais il faut qu'il rende des comptes ».

« Je trouve qu'on nous prend un peu trop pour des cons en ce moment », finit par dire Serge surnommé la fouine.

CHAPITRE 16

Le débat à peine commencé voici que le président de la République dans une salle avec 600 maires faisait son show, après les avoir méprisés depuis son élection, voilà qu'ils étaient étonnamment précieux à ses yeux. Il répondait à leurs doléances, il ne débattait pas, il n'acceptait toujours pas la contradiction, il essayait seulement de les amadouer. Cela sentait la campagne électorale même pour les plus fins commentateurs de l'actualité. Mais on lui accordait tout et on lui pardonnait tout à ce président qui utilisait les moyens de l'État pour s'assurer d'être devant tout le monde aux élections européennes.

Pendant ce temps l'utilisation des lanceurs des balles de défenses (LBD 40) était de plus en plus contesté à cause de leur dangerosité. En deux mois 12 éborgnés et 40 blessés graves suscitaient l'indignation de la population. Les autorités avaient mis en cause une formation non suffisante des forces de l'ordre à cette arme. C'était comme donner à un enfant de quatre ans un pistolet automatique en main lui demandant de bien viser. Ils n'envisageaient nullement de les supprimer

« *C'est une honte d'utiliser une telle arme contre la population qui manifeste* », dit Serge dans le camp des Gilets Jaunes.

« *Les forces Françaises sont les seules à utiliser cet engin. Il faut renverser ce gouvernement dictateur et retrouver la liberté d'un peuple libre* », soutenait Dany.

« *Rangez vos LBD, on veut voir la fin du Macronisme avec nos deux yeux* », répondait Jean-Paul.

Ils étaient prêts pour l'opération que Guido avait préparée. Un plan avait été distribué pour que chacun puisse savoir exactement ou se trouver au moment voulu. Ils contrôlèrent le matériel nécessaire : corde, torche, fumigènes, alcool, sirène, support vidéo, gants, coton, chloroforme, courage. Tout y était : André, Dany, Rocco, Patricia, Serge, Bertrand et Michel.

Il fallait neutraliser le bâtiment sans violence, à l'arrière l'entrée de secours était gardée par un agent de la sécurité, il fallait s'en débarrasser. C'était le travail de Patricia, ce matin-là elle avait accentué le maquillage des yeux à travers la profondeur d'un trait de liner et avait exagéré son coup de crayon qui dessinait parfaitement les lignes de ses lèvres charnues.

Elle s'avança d'un pas ferme en balançant bien ses hanches, elle avait mis une jupe assez courte et son chemisier déboutonné laissait entrevoir une poitrine généreuse. Les quelques mètres de marche suffirent pour que l'agent de sécurité la remarque avec intérêt.

« *Mademoiselle, vous êtes dans une zone interdite, s'il vo...* », lui disait l'homme.

« *Oui je sais mais j'ai une roue à plat, vous ne pourriez pas m'aider ? S'il vous plaît !* », dit Patricia en touchant d'une main son sein gauche.

L'agent fut vite convaincu qu'il ne fallait pas laisser la jeune femme se débrouiller toute seule, il la suivit vers le parking tout en reluquant son fessier lorsque soudain il sentit une pression sur son visage, puis plus rien. Il avait été mis hors d'état de nuire avec un coton imbibé de chloroforme.

« *Patricia tu restes ici et tu le surveilles s'il se réveille utilise le chloroforme à nouveau, les autres avec moi* », dit Guido.

Seul Rocco resta au rez-de-chaussée, montant la garde devant la porte d'une salle qui renfermait le tranformateur de courant et les groupes électrogènes de secours. Il ne fallait surtout pas que quelqu'un vienne couper l'alimentation en électricité.

Les autres montèrent à pied l'escalier jusqu'au deuxième étage, la porte donnant accès au studio disposait d'un système d'ouverture électronique par code, Guido qui le connaissait parfaitement l'actionna. Dans le couloir personne en vue, André alluma une petite torche imbibée d'alcool à brûler, il s'en servit pour envoyer la flamme vers le dispositif anti-incendie qui fixé au plafond se mit aussitôt à arroser l'endroit.

Une sirène se mit à hurler dans tout le bâtiment, Serge avait amené une sirène manuelle qu'il activa afin que le plus fort vacarme produise la plus grande confusion. Passant de pièce en pièce nos amis criaient :

« *Feu dans le bâtiment feu dans le bâtiment évacuez les lieux rapidement, allez-y vite ne prenez pas l'ascenseur* »,

La panique s'empara de chacun des employés qui couraient vers les escaliers. Ils étaient dans le bâtiment de BRNtv. Déjà techniciens journalistes et divers personnels se ruaient vers l'escalier chacun voulant sauver sa vie, c'était la cohue, des cris de panique s'ajoutaient aux sirènes.

Guido donna alors le support vidéo à l'un de ses amis techniciens de la régie qui le brancha à l'encodeur principal de diffusion en déconnectant les câbles Ethernet de pilotage réseau pour que personne ne puisse arrêter la diffusion autrement qu'en débranchant la machine de l'électricité. Heureusement Rocco veillait à cela. Le technicien débrancha aussi le câble réseau des modulateurs satellite et TNT pour que la vidéo soit diffusée sans interruption sur toutes les plateformes télévisées.

Le support vidéo pré-enregistré deux jours auparavant était porteur d'un message. Il était 19 h 30, en France tous les téléviseurs branchés sur le programme 15 cessèrent d'émettre un bref instant, puis une image apparut. Un homme portant un masque jaune s'adressait à la France.

« *Bonsoir, vous êtes bien sur BRNtv, nous avons pris le contrôle de la chaine afin de vous livrer un message* ».

Le timbre était grave, la voix forte légèrement rauque, ferme. On percevait dans la voix une détermination sans failles.

« *La France pays des droits de l'homme se retrouve en crise. La liberté d'expression est mise à mal, la liberté de mouvement est mise à mal, les principes fondamentaux de notre république sont piétinés.*
L'égalité n'est pas respectée, les droits des citoyens sont bafoués, la justice est bafouée. Les tribunaux ne sont pas impartiaux comme ils devraient l'être, ainsi les citoyens ne sont plus égaux devant la justice. La fraternité n'est plus qu'un mot vidé de sens. Des hommes et des femmes qui travaillent n'arrivent pas à vivre, à cause d'une petite minorité qui détient le pouvoir économique et qui n'a pour objectif que de s'enrichir encore plus au détriment même de la nature.
Depuis quarante ans la situation se dégrade, les pauvres toujours plus pauvres subissent une politique menée par des hommes parfois corrompus qui au sein de l'État n'ont qu'une obsession, celle de s'enrichir et enrichir leurs amis. Ils creusent la dette de la France,

ainsi le pays de l'excellence, une des plus grandes puissances économiques du monde croule sous le poids de la dette. La République est au bord du gouffre moral ».

Pendant ce temps dans toutes les pièces donnant à l'extérieur, le groupe des Gilets Jaunes balançait des fumigènes pour que personne ne soupçonne une quelconque arnaque. La fumée s'échappant par les baies vitrées ouvertes, donnait l'impression d'une catastrophe sans précédent. Le personnel anxieux observait de loin impuissant attendant l'intervention des pompiers. Devant leurs postes les Français étaient dans l'étonnement, ils écoutaient le masque parlant, ils étaient choqués et abasourdis.

« Françaises, Français ! L'avenir de nos enfants est menacé, nous tombons dans un esclavagisme moderne, ce n'est pas la couleur de la peau qui nous trahit, c'est notre compte en banque dégarni. Il est venu le temps de la révolte. Il faut renverser la classe politique qui est dans l'ensemble corrompue et profite de privilèges qu'ils s'accordent sans l'avis des citoyens. Il faut changer les institutions et exiger un peuple souverain qui fera des lois équitables et justes.
C'est pourquoi nous vous demandons de ressusciter la Nation par une révolte juste. Des villes et des campagnes, des chantiers, des usines, des champs, des laboratoires, des partout ou que nous soyons unissons-nous tous ensemble et renversons le système. Brisons les

chaines, faisons de notre Nation une Nation libre, forte, juste, fraternelle. La Marseillaise chérie prend aujourd'hui tout son sens ».

Pendant que la silhouette du masque jaune disparaissait de l'écran notre Marianne " *sans-culotte* " apparaissait avec en fond le drapeau Français flottant et la Marseillaise entonnée.

Il fallait maintenant quitter les lieux sans attirer l'attention, ce n'était pas chose facile. Les pompiers n'allaient pas tarder à arriver, alors que devant l'entrée principale et l'entrée de secours journalistes et techniciens étaient dans l'attente regardant la fumée s'échapper du deuxième étage.

Guido conduisit les amis au fond du couloir, ouvrant une baie vitrée qui donnait dans la partie arrière du bâtiment, ils se glissèrent l'un après l'autre avec une corde que Bertrand avait apportée, heureusement la hauteur n'était pas excessive, six mètres à peine.

Ils se dispersèrent dans la nature pendant qu'ils entendaient les sirènes des pompiers s'approcher de plus en plus. Ni vu ni connu, mission accomplie.

À peine arrivés sur place, alors qu'ils s'apprêtaient à déployer les échelles, des pompiers constatèrent la supercherie, pas la moindre flamme à éteindre.

Les Français ayant suivi l'appel pirate étaient stupéfiés, jamais personne n'avait réussi un tel coup. Beaucoup appelaient leurs amis et familiers pour en discuter et avoir leurs avis, ne sachant pas comment réagir tous étaient dans l'attente.

Toute la soirée les chaînes de télévision relayaient l'information, une chaîne piratée ça n'arrivait jamais, le message du masque jaune fut donc vu et revu de nombreuses fois. Tous les analystes étudiaient le message diffusé, les savants commentateurs invétérés et critiques de l'actualité donnaient leurs avis assez controversés. Chacun voulant savoir quel groupuscule avait pu réaliser une telle prouesse. Dans le message aucun mot sur les Gilets Jaunes, aucune allusion à un quelconque groupe des extrêmes. Le masque jaune n'avait pas signé son intervention.

Des politiques étaient venus dénoncer l'appel à la révolte qui avait lancé à la France l'homme au masque jaune.

CHAPITRE 17

Au camp des Gilets Jaunes ce fut la fête, avoir réussi sans accroc une telle opération relevait de l'exploit.

« *Eh oui... On n'allait pas se laisser emmerder par des journalistes tout de même, c'est bien fait pour leur gueule* », disait Serge la fouine.

« *Non mais attendez, regardez-moi* », dit Bertrand en s'éloignant, puis il revint en balançant son bassin de droite à gauche il imitait Patricia :

« *Oui je sais... Mais j'ai une roue à plat, vous ne pourriez pas m'aider ? S'il vous plaît* », disait d'une voix féminine très accentuée dans les aigus et en touchant ses seins dans un mouvement coordonné avec sa langue qui allait elle aussi de droite à gauche.

« *Tu as fait ça ?* » dit Maïté à Patricia.

Tout le groupe s'esclaffait de rire.

« *Oh... Pétard j'aurais voulu être là avec*

vous », disait Eric regrettant son absence.

Milena ne disait rien, elle regardait ces hommes et ces femmes qui grâce au combat pour la justice avaient lié des amitiés et qui étaient heureux de se retrouver. Ils étaient comme des guerriers après une bataille gagnée, tous dans l'allégresse et avec le sentiment du devoir accompli.

« *Non mais sans rigoler, c'est génial ce qu'on a fait, vous rendez-vous compte ? Pirater une télé ? Et pas n'importe laquelle, BRNtv. Lui faire dire ce qu'on veut ? C'est génial ! Sans compter que le message aura atteint quelques millions de personnes ! C'est autre chose que distribuer des prospectus* », disait Michel.

« *Oui bon ! Ça va... Mais heureusement que j'étais là " **moi** ", pour jouer de la sirène. Huuuuuuuuuu huuuuuuuuuu*» disait le petit Serge imitant la sirène et faisant un clin d'œil appuyé à Guido qui souriait.

« *Et tu veux de la fumée ? Viens que je t'en donne, je jetais des fumigènes de partout dans chaque pièce, j'en avais apporté beaucoup dans mon sac, du coup je ne voulais pas les ramener* » disait Daniel en souriant, alors que Guillaume reprenait :

« *Non mais le plus drôle c'était quand il fallut descendre avec la corde, moi j'étais à l'aise mais d'autres avaient peur de descendre, ils étaient coincés...* »

« *Mais qu'est-ce que tu racontes ? Je n'avais pas peur, c'est que la corde était trop courte et il fallait sauter...* » l'interrompit Dany.

Ils vivaient entre amis des moments de rigolade qu'ils n'oublieraient pas de sitôt.

Le président de la République continuait d'occuper l'espace médiatique participant à des pseudos-débats devant d'autres maires ; très protégé par les forces de l'ordre qui tenaient à l'écart les Gilets Jaunes venus par centaines pour lui parler. Le président d'habitude toujours disposé aux bains de foule qu'il aimait tant, était soudain devenu allergique au contact avec le peuple. Son agenda restait inconnu de tous.

Un reproche était à faire à un bon nombre de maires qui intervenaient dans les débats publics face au président. Ne relayant pas les questions du peuple mais se contentant d'exposer les petits problèmes de leurs petites administrations.

La journée du samedi 19 janvier marqua " *l'acte X* " de la mobilisation, après deux mois de manifestations le mouvement affichait 84.000 personnes qui battaient le pavé dans toute la France toujours selon les dires du gouvernement. Toutes les grandes villes françaises étaient le terrain des manifestants. Toulouse ce jour-là avec 10.000 Gilets Jaunes était la ville de la plus grande mobilisation.

À Paris et Bordeaux des heurts eurent lieu en fin de manifestation, mais aussi même si en moindre mesure à Angers, Nantes, Lille, Dijon, Nancy, Caen, Rouen, Béziers, Rennes.

Le gouvernement lui, était sourd à toute revendication ; les commentaires politiques de l'actualité reprochaient aux Gilets Jaunes de ne pas vouloir participer au grand débat qui d'après eux allait être la solution aux problèmes des citoyens. Dans les premiers débats beaucoup venaient pour parler du manque de pouvoir d'achat, de l'injustice sociale, de l'abolition des privilèges accordés aux représentants de la nation. Les mêmes revendications des Gilets Jaunes étaient portées par l'ensemble de la population, il y avait donc beaucoup plus de mécontents en France que les seules personnes qui manifestaient tous les samedis.

Dans la semaine Milena rentra chez elle à la campagne, dans sa petite cité, là où l'air était pur et la circulation calme, où les gens n'étaient pas stressés mais courtois et aimables, où il faisait bon vivre. Elle savait n'avoir rien à craindre, ses parents se rangeraient toujours de son côté quelles que soient leurs convictions. Elle se devait de bien leur expliquer le pourquoi de sa difficile décision, de son intervention à l'Assemblée nationale, de son combat contre la violence, elle leur parla des blessés, des souffrances, elle leur parla de justice.

« *J'ai failli moi-même recevoir une balle de ce maudit LBD 40 j'ai eu de la chance, lors de ces manifs il y a eu 152 blessés à la tête, 17 éborgnés, et 4 mains arrachées, eux n'ont pas eut de chance* », leur disait Milena.

Sa mère la serra fort dans ses bras réalisant que sa petite fille était bien là saine et sauve. Puis leur discussion à trois glissa lentement vers d'autres horizons, plus personnels et tout aussi importants. Milena leurs parla de Guido, de leur amour, leur apprit qu'ils vivaient ensemble.

« *J'avais bien remarqué qu'il y avait quelque chose entre vous ! Vous n'étiez pas convaincants tous les deux l'autre fois* », dit son père d'un air détaché.

« *Ah bon... Tu avais vu ça toi ? Et tu ne m'en as pas parlé ?* » reprit sa femme étonnée.

« *Je sais que c'est l'homme de ma vie, nous vivons ensemble et dans quelque temps il viendra vous demander ma main* ».

Milena demeura deux jours avec ses parents, puis soulagée rentra à Paris, elle reprit le chemin de l'Assemblée nationale et malgré l'hostilité de tous ses collègues de la majorité elle essayait de tenir son rôle de représentante du peuple Français. Mais, dommage collatéral, elle avait perdu l'amitié de Martine qui ne lui adressait plus la parole.

Le samedi d'après, le 26 janvier c'était " *l'acte XI* " qui se jouait ; les acteurs toujours les mêmes, les armes côté police aussi, malgré tous les appels de diverses et variées personnalités souhaitant une interdiction des " LBD 40 " jugés trop dangereux.

Le gouvernement et son ministre de l'Intérieur restaient sur leurs positions. Dans le pays des manifestations étaient parfois entachées de violences.

Des casseurs et extrémistes venaient pourrir par la sauvagerie presque toutes les manifestations pacifiques des Gilets Jaunes. Place de la Bastille à Paris la situation était tendue, soudain se produisit une explosion et un tir de LBD 40 quasi simultanés. Un homme était à terre, touché par une balle de LBD qu'il reçut dans l'œil droit. Il fut secouru par des Gilets Jaunes et amené d'urgence à l'hôpital gravement blessé. Il s'agissait de Jérôme Rodrigues un des initiateurs du mouvement.

Le préfet de police saisit l'IGPN afin de déterminer les circonstances précises de ce regrettable incident. L'usage scandaleux des armes qu'utilisaient les forces de l'ordre était de plus en plus contesté. Le nombre supposé des manifestants ce jour-là fut 69.000.

Le lundi 28 janvier le président s'envola pour une visite officielle avec son épouse et quelques ministres en Égypte. Un déplacement stratégique paraît-il à cause de l'environnement régional très instable.

L'Égypte était le premier client de la France dans le secteur de l'armement, même si les organisations des droits de l'homme s'opposaient à cette politique de vente d'armes à cause de leurs utilisations. Les autorités Égyptiennes destinaient des chars vendus par la France à la répression des opposants au régime. Nombreuses dizaines d'accords commerciaux pour un montant de plusieurs centaines de millions d'euros furent signés.

Dans une salle pleine de personnalités civiles et militaires et en présence des caméras et journalistes du monde entier, les deux présidents allaient annoncer les progrès de leurs coopérations et discussions bilatérales.

Les chaînes de télévisions françaises bien sûr diffusaient l'événement. Quand ce fut le tour du président Macron de s'exprimer, il aborda le sujet épineux des droits de l'homme.

« La stabilité et la paix durable vont de pair avec le respect des libertés de chacun et d'un État de droit », déclara le président Emmanuel Macron.

Soudain on entendit un coup de feu dans la salle, le président Macron s'écroula au sol derrière son pupitre. La pagaille saisit tous les présents qui s'enfuyaient paniqués. L'envoyé spécial présent au Caire prit aussitôt l'antenne.

« Ils ont tiré... Oui... Quelqu'un a tiré sur le président ! » dit-il d'une voix alarmée...

« Dites nous que s'est-il passé, qui a tiré ? Est-ce-que le président est touché ? » demandait la régie à Paris.

« Je n'ai rien pu voir, mais juste après le coup de feu le président s'est recroquevillé au sol. On lui a vite porté secours, mais on n'en sait pas plus pour l'instant. Ils ont tiré sur le président ça c'est certain. Ils ont tiré sur le président Macron ».

À suivre...

Écrivez à l'auteur

perpassione@hotmail.fr

Remerciements

Un grand merci à tous ceux qui d'une manière
ou d'une autre ont collaboré à ce roman.
Nombreux par leurs encouragements, d'autres
comme André Birra et Maïté mes amis de
combat et surtout Christophe par une aide
littéraire. Un merci à Nicolas le dessinateur et
Bernard le photographe pour leurs
contribution.
À tous merci.

Printed in Great Britain
by Amazon